星期五的書店

秋天與濃湯

金曜日の本屋さん　秋とポタージュ

名取佐和子

徐欣怡 譯

目錄

第1章

有個人知曉

十月已過二十天，冷風從大學校園後方聳立的群山一路呼嘯而下，早晚寒涼的程度根本不是東京能夠比擬的。同樣地處關東溫差卻如此之大，真教人意外。氣溫低到簡直像從前陣子的夏天一口氣直接跨入冬天。

穿了厚連帽衫加羽絨背心還是覺得冷，我小跑步朝學務處所在的大樓奔去。

我小心翼翼地打開學務處的門，服務窗口的人員是熟面孔。怕生的我暗自鬆了一口氣。

「妳好。」

見我快步跑近，坐在櫃檯裡的行政人員豬之原壽子小姐挑起粗眉，形似丹鳳眼的雙眼驚訝地睜大。

「什麼事？來申請退學嗎？」

「哈哈，妳這玩笑也太狠了。豬之原小姐，我今天是要來問，能不能讓我們在校園裡貼這張傳單。」

我把抱在懷中的透明資料夾放到櫃檯上，從中抽出幾張傳單。

「『金曜堂』招募打工登記人手的傳單？原來如此。仔細想想，那家書店人手的確是不太夠。」

襯衫鈕扣整整齊齊扣到最上面一顆的豬之原小姐，雙手拉了下衣領，聳聳肩。上次我和店長槙乃因爲緊急狀況不得不暫時離開店裡，「金曜堂」靠豬之原小姐及多位常客伸出援手才勉強維持營運，也只是幾個星期前的事。

「沒錯。上次眞的很感謝你們。和久老闆似乎也因爲那次的狀況想了很多，才決定要招募打工登記人手。」

「打工登記人手？跟一般的打工不一樣嗎？」

「對。一方面是希望向礙於各種原因工作時間受限的族群敞開大門，另一方面是老闆認爲對我們來說，只要在像上次那種緊急情況時有人幫忙就夠了，所以採用登記制度。」

「也是，那家小書店，人事費用的調度周轉也不容易吧。」

豬之原小姐甩了下烏黑厚重的頭髮，神情得意地點點頭，從抽屜裡拿出正方形滲透印章。

「你最好貼在學生容易看見的地方。像是福利社旁邊、餐廳櫃檯上之類的，也有很多學生會約在廣場的壁燈下面碰頭，那裡也可以——啊，布告欄不行喔。大家只會看停課的臨時公告。」

豬之原小姐嘴上劈哩啪啦地一連舉出好幾個地點，轉眼間就替所有傳單蓋好刻有大學校名的許可章。

我按照豬之原小姐的建議在福利社外牆貼上傳單，忽然有人向我搭話。

「你是參加淺田老師專題討論課的倉井，對吧？」

「啊，對。」

我慌忙回頭，推了推眼鏡。只見一個頭髮短到耳朵露出來的女生站在那裡。她的身材高䠷，體態優美，看起來像是運動員，我沒印象見過這個人。

那個女生注意到我困惑的神情，雙手合掌說「不好意思，突然找你講話」。

「我是笽子理麻，和你一樣是淺田老師的專題討論課學生，只是我完全沒去上過課。」

我不知該如何回應，只好沉默點頭。笽子似乎也不打算延續這個話題，伸手指向我剛貼好的傳單。

「那家書店就是在野原車站裡的……倉井，你打工的地方？」

「啊，對，沒錯。『金曜堂』。妳真清楚，居然還知道我在那裡打工。」

「我朋友常去那家書店，她跟我提過『理麻，和妳上同一堂專題討論課的男生在那裡打工喔』。」

我調整眼鏡的位置，注視著益子。

「妳對在書店打工有興趣嗎？」

「沒……應該說，我忙著練習，根本沒時間打工。」

益子的語氣隨意了些。她的右手從下方往上一揮做出發球動作，咻地一聲劃過空氣。

「排球？」

「猜對了。雖然只是同好會。我是主將，每個星期都要扎扎實實練滿五天。」

這還眞的是「根本沒時間」，我只好放棄，不過益子又接著說「可是……」，我不禁再度向前探出身子。

「就是啊，下個月不是要舉行學園祭嗎？」

「嗯。」

「其實，我們『排球同好會』的攤位決定要推出『書店咖啡廳』……」

「書店咖啡廳？不是單純的咖啡廳，也不是運動咖啡廳，而是書店咖啡廳？」

「啊，排球和書的組合果然太奇怪了嗎？」

益子神情黯淡地垂下眉毛，伸手搔搔頭。我連忙搖頭。

「沒這回事，喜愛閱讀的運動選手也很多。」

「嗯。我們同好會也有一名成員喜歡看書——啊，她就是提出這個企畫的人，也就是常去『金曜堂』的那個女生。她說希望能在學園祭出攤前，針對書店咖啡廳的菜單和布置，請教『金曜堂』各位書店員工的意見。」

「給學園祭的攤位建議？」

我特別留意問話的語氣，避免給人一種「不過就是個學園祭攤位」的誤解。益子又合掌說：

「眞的不好意思！要專業的書店員工來指導玩票性質的學生活動，實在太麻煩你們了。不過我那個隊友只要話一出口，就不會聽別人的意見。」

她向我低下頭，神情顯得非常爲難。一個團隊的領導者，有把團隊成員當棋子指揮的類型，也有爲了成員鞠躬盡瘁四處奔忙的類型。看來益子屬於後者，我十分同情她。

「我知道了。我會幫妳問問店長和老闆，但就是問問，妳不要抱太大的希望。」

「謝謝你，倉井。你幫了我一個大忙。如果書店方面不同意，我那個隊友應該就會乖乖死心。」

聽起來，益子似乎反倒希望答覆是「不行」。她的笑容和話語自然又溫暖，讓我有種已認識她很久的感覺。她以主將身分帶領的排球同好會，想必是個令人放鬆的地方吧。交換聯絡方式、互相道別後，我居然萌生想助她一臂之力的念頭，不由得加快了前往書店的腳步。

❀

「不好意思，這件事有點困難。」

當天書店一打烊，我立刻將排球同好會的希望轉達給老闆和久，卻遭他一口拒絕。

「不知是好是壞，總之『金曜堂』出名了，最近客人變多了吧？登記制度的打工模式，我得再仔細想想該怎麼做才行，實在沒那種閒工夫指導學園祭活動。」

「這樣啊，說的也是。」

雖然感到可惜，但「金曜堂」是一家書店。是一門生意。沒辦法。我正打算放棄時，原本在更新雜誌櫃的店長槙乃突然「啊」地大叫，抬頭看向半空中。

我與和久，甚至連吧檯裡的栖川都隨著看向半空中。

「幹麼啦，南。少嚇人了。」

「抱歉、抱歉，不過我想到好方法了。」

槙乃輕輕甩動波浪鬈髮，露出微笑。跨越悲傷過往的夏季結束，邁入秋季後，槙乃的笑容一天天回復原先的明朗，並多了幾分深刻及沉穩。

「阿靖，你現在煩惱的是，打工登記制度的實習內容，對吧？」

「喔，是啊。爲了促進野原町的活力，我希望盡量僱用在地人——學生、主婦和年長人士，才設立這個登記制度。希望他們可以在短時間內成爲即戰力，就算隔一段時間沒來，也希望工作內容他們學過一次後就能一直牢牢記住。」

「這件事不能全靠登記的那些人本身的能力，僱用方也必須想辦法，不斷調整分配工作的方式，不是嗎？」

「喔，嗯，是啊。應該是沒錯——所以咧？妳想說什麼？」

和久伸手搔了搔金色小平頭，眨著弧度平坦的雙眼。槙乃一副就在等他問這句話的模樣，將所有雜誌收進櫃裡，用空下來的雙手比出V字勝利手勢。

「讓那些想徵詢我們意見的排球同好會學生來幫忙工作。這樣一來，諮詢費就可以用她們的勞動來抵。同時對『金曜堂』而言，不僅當天的工作量會減輕，我們也能稍微了解指導登記打工的人時要注意哪些地方，不是嗎？而且那些學生除了得到想要的建議，還獲得在書店和咖啡廳工作的經驗。」

槙乃停頓一下，將比著勝利手勢的雙手移到面前。

「這樣，就是雙贏的關係了。」

和久與我張大嘴巴呆呆望著槙乃時，栖川一個人靜靜地拍起手。

於是，和「金曜堂」形成雙贏關係的益子，在隔週的星期五下午搭乘下行電車來到「金曜堂」。她身穿球衣，斜揹著一個大型防水運動包包。

「大家好！我是排球同好會的主將，益子理麻。很抱歉我直接穿著球衣過來，因爲剛剛一直練習到快來不及才出發——我有帶衣服來換。」

益子乾脆地道歉，和久大方回以笑容。

「穿球衣也無所謂，反正套上圍裙就看不見了。」

「看得見。」

藍色瞳眸掠過亮光，冷靜陳述事實的人，是栖川。他今天也在吧檯裡準備輕食。儘管他拿菜刀和咖啡杯的時間比拿書還多，不過圍裙下方露出的服裝，無一絲皺褶的平整白襯衫和蝴蝶結，清楚表明了他作爲書店店員的身分。

「幹麼啦，栖川。」

和久不滿地低吼，槙乃像要安撫他似地介入。她的雙臂在胸前交叉，接著俐落地水平揮開，向益子喊出平常那句話：

「歡迎光臨『金曜堂』！理麻，妳今天是一個人來嗎？」

「不，還有一個……」

益子說著回頭，驚訝地後仰：「人咧！」

這時，自動門打開，一個身材比益子更高挑、長髮飄逸的女生，悠哉地漫步進來。雖然穿著球衣，她卻更像是模特兒而非排球選手，雙腿遠比我要來得修長。

「你們好——」

「亞壽美，不要擅自亂跑，我說過好幾百次了吧。」

「抱歉，我順道去了一下廁所。啊，是史彌！今天要麻煩你了。」

那個漂亮女生叫出我的名字，還跟我很熟似地揮手。益子一把將她推開，低頭說了聲「抱歉」。

「這位就是提出書店咖啡廳企畫的山賀亞壽美。」

「哦，那個附設咖啡廳的書店企畫啊。」

和久一板一眼地糾正，益子雖面露驚訝，依然禮數周全地打招呼。

「今天我們兩個代表排球同好會過來，麻煩各位了。那我現在就去換衣服。」

益子抓住山賀的手臂，要拉她一起移動，卻被她輕飄飄地掙脫了。山賀自顧自地朝栖川彎手敬禮：

「我今天會用心幫忙的。」

「亞壽美！換衣服了。」

益子厲聲喊道，把山賀維持行禮姿勢的那隻手臂使勁拽過去。

「不好意思，老闆。我們可以在哪裡換衣服呢？」

「喔，那裡。那個結帳櫃檯後面的房間，進去就有置物櫃。」

「謝謝！」

「我帶妳們過去吧？」

「謝謝妳，店長。」

益子架著山賀，尾隨槙乃朝倉儲室走去。

倉儲室的門關上後，店內又恢復安靜，和久眨了眨眼，看向我。

「那兩個女生是籃球社……嗎？」

「不，是排球──排球同好會。」

「是籃球還是排球都無所謂啦，只是她們默契差成這樣，團隊競賽能打得好嗎？」

和久嘟噥著，將手中正在看的文庫本《Tiny Tiny Happy──小確幸》翻過一頁。然而，他的視線卻沒有隨文字上下移動，只是橫向掃過，嘆了一口氣。

「店裡有需要時，請登記打工的那些人排班，說不定意外困難。排在同一時段的人，可能會像她們一樣水火不容。光靠登記後的訓練期間，根本沒辦法看透一個人的性格，我是說我。」

約莫是聽見益子和山賀的對話，心生不安了吧，和久說到最後，還雙手抱住他那顆金色小平頭。

栖川握著菜刀的手停下，瞥了我一眼。長劉海下的冷靜面孔乍看沒有變化，但似乎與和久同樣感到一絲憂慮。

十分鐘後，益子她們換好衣服，穿上「金曜堂」書店員工的證明──墨綠色圍裙回到店裡。圍裙胸前的位置也已別上寫有全名的名牌。看到名字旁邊畫著小小一隻不曉得是貓、貉還是骸骨的插圖，我立刻知道名牌是誰準備的。

非常善解人意，繪畫能力卻令人感到相當遺憾的店長槙乃，忽然從高個子的兩人中間探出頭來，朝我們比V字勝利手勢。

「兩位都長得很高，手可以伸到最上面那層櫃子，眞棒。一開始就先請妳們整理書好了。」

聽著槙乃鬆鬆軟軟的聲音，和久與栖川臉上的憂慮逐漸消散，我也開始覺得船頭橋頭自然直。

所有書店員工一起回到工作模式，山賀的目光對上我的視線，露出微笑。

「史彌，你爲什麼一直盯著我看？迷上我啦？」

我頓時一僵，不知該怎麼回應。

益子以方便工作爲優先考量，換上牛仔褲和運動上衣，山賀則是換穿上網紋寬鬆的針織洋裝，一身打扮就算直接去約會也沒問題。兩人個子都高，身形又優美，但山賀換下球衣後的大變身確實令人相當驚豔。

注意到槙乃的視線，我不自覺提高音調，話也頓時多了起來：

「咦？啊。沒有沒有沒有沒有，我只是在想，那個手肘……這件洋裝手肘的部分很寬鬆，待會容易弄髒。」

我解釋時，手卻指著自己的手腕。槙乃見狀，冷靜地糾正「倉井，那個地方叫袖口」。是我的心理作用嗎？她的目光似乎冷了幾分。

我因悲慘的事態發展而無法動彈，山賀倒是毫不在意地一面將長髮束在腦後，一面轉向栖川。

「聽說在這家書店的茶點區，可以吃到書中出現的料理，眞的嗎？」

「看心情。有時候會出餐，但不是天天有。有時候料理和客人在看的書有關，有時候沒有。全都要看栖川當天的心情，並沒有固定的菜單。」

和久像要擠進栖川和山賀之間似地踮起腳，代爲回答。

山賀頻頻點頭，豎起修長的食指。

「那麼，我想要負責茶點區，幫忙栖川先生工作。」

「亞壽美！妳怎麼能擅自決定？我們就按照店長分派的工作……」

益子慌忙斥責她，但山賀不爲所動。

「我的意思就是分擔店長指派的工作啊。理麻，妳負責書籍區的工作，我負責茶點區的工作，兩個人合起來就是書店咖啡廳了。啊，史彌，你要不要一起來做茶點區的工作？」

「妳以爲可以分配三個人手給茶點區嗎！倉井是負責書籍區的。」

和久大翻白眼，一旁的槙乃輕輕歪頭問：

「亞壽美，妳對咖啡廳的規畫有什麼想法嗎？」

「還稱不上什麼想法——只是既然要做，那我想提供來客跟書本和作家有關的菜單。」

「什麼？我從來沒聽過有這項規畫。」

益子發出近似慘叫的聲音。山賀毫無歉疚之意地點點頭說：

「嗯。來這裡的電車上，我又上網搜尋了一下『金曜堂』，發現推特上有人說是『能找到想看的書的書店』。我再繼續搜尋，看到也有人寫著在『金曜堂』的茶點區『吃到了有特殊回憶的書中出現的料理』，於是我靈光一閃：『啊，我們也來做這個吧！我要跟在負責茶點區的人旁邊看他都出些什麼菜，全部偷學起來。』」

山賀輕率又開朗地坦白說出心中的盤算。她身後的栖川撥了下長劉海，陷入沉思。

益子激動得要反駁她時，恰巧有幾位客人走進店裡。槙乃立刻將兩人帶開，分別指派工作給她們。

我負責指導分派到書籍區的益子。按照槙乃的指示，我先向她介紹書櫃的配置，再讓她開始整理。我一面留意避免干擾到正在挑書的顧客，一面將雞毛撢子遞給益子。

「益子，可以麻煩妳清一下最上層書籍的灰塵嗎？顧客周圍的書櫃就晚點再處理。」

「沒問題。」

最上層的書櫃如果交由槙乃或和久來清，雞毛撢子勾不到書的最深處，所以平常都是我或栖川負責，不過對益子的身高和手臂長度來說不是問題。

「妳從小就長得比較高嗎？」

我整理著下方的平台，一邊問道。益子沒有停下揮雞毛撢子的動作，搖搖頭。

「不是。別說長得高了，我小學六年一直都是坐第一排。」

「是嗎？我也一樣。每次老師喊『向前——看！』時，我的動作都是……」

「這樣，對嗎？」益子笑著回答，用沒拿雞毛撢子的那隻手插腰。

「我小學三年級就開始打排球了，只是小學時一次也沒當上攻擊手。」

「妳國中才長高的嗎？」

「算是吧。長到超過成人女性的平均身高。只是就排球這種競技運動來說，還是完全不夠。」

「完全不夠？益子，連妳這種身高也不夠？」

這時，山賀正好拿著一袋廚餘經過，目光銳利地低頭看向我們。

「理麻，眞羨慕妳可以和史彌一起工作。」

「啊？妳說這什麼話？不是妳自己說想負責茶點區的工作？」

益子嘆了一口氣，像在趕野狗似地擺擺手。山賀發出「唔──」的呻吟，踏出店門，往車站方面讓我們共用的垃圾場走去。

我和益子不自覺地目送那道颯爽背影遠去後，我開口詢問：

「排球這項運動需要幾個人啊？」

「我們打的是一隊六個人的賽制。」

「有六個人這麼多……」

「啊，我先聲明，那樣隨心所欲的只有亞壽美一個人。更準確地說……」

益子思考片刻，壓低聲音補上一句。

「正因是亞壽美，大家才願意包容她的隨心所欲。」

我疑惑地側頭，益子神情尷尬地聳聳肩，心不在焉揮動雞毛撢子。走到下一個書櫃前，她換了語調主動開口，「剛才提到身高……」。

「排球世界裡所謂的夠高，至少要像亞壽美那樣吧。」

「這樣啊。」

我的回應對她而言或許有所不足吧。益子一副期待落空的神情，再次嘆口氣，說「我清完灰塵了」，放下雞毛撢子。

後來我陸續教她該怎麼使用收銀機、包書套以及幫雜誌附錄綁上繩子，再請她一一照著執行，等回過神來，才發現外面天黑了。

「倉井。」待在結帳櫃檯的槇乃朝我招手。

我指向櫃子裡書背向外的一整排書，匆匆請益子將凸出來的補書條重新塞好，便朝結帳櫃檯走去。

槇乃在結帳櫃檯後方振筆疾書，不過我一在櫃檯前站定，她就抬起頭，露出微笑，將小筆記本放到櫃檯上。那是槇乃平常放在圍裙口袋裡的小筆記本。她撕下用原子筆寫得密密麻麻的一頁，朝我遞來。是情書——才怪。「《蘋果派的午後》、《泡泡先生做果汁》、《轉圈圈果汁》、《小黑森巴歷險記》、《小白熊做鬆餅》、《小祐的攪拌車》、《追憶似水年華——在斯萬家那邊》、《草枕》、《金魚之夢》、《新天體》、《NAZUNA》、《麵包、湯與貓咪日和》、《斷腸亭日乘》、《老師的提包》、《九個故事》、《春情蛸之足》……」

「我試著寫了一份書單，可以用在學園祭書店咖啡廳的菜單上，或者擺在書架上應該也能加分。如果理麻小姐和亞壽美小姐有意願，請你帶她們去地下書庫。書單上的書應該都有。」

我瀏覽過一遍單子上的書名，才點頭應聲「好」。一如往常，槙乃的閱讀量和對於書本內容的記憶力實在驚人。

我請正在吧檯內向栖川學習沖煮咖啡手法的山賀，和正將凸出來的補書條一張張仔細塞回去的益子過來，打開通往倉儲室的門。

❀

我勉強在到處堆滿訂單的凌亂辦公桌上清出一塊空間，攤開槙乃那份書單。

山賀遠比我和益子快看完，頻頻點頭。

「原來如此——湯啊，關東煮啊，溫熱的食物相當多。現在這個季節就想吃這些呢。還有容易製作，適合做起來放著的甜點和飲料……」

「光看書名妳就知道裡面出現什麼食物嗎？」

我和益子異口同聲問。山賀的目光仍停留在書單上，答道：

「大致上啦——大概有一半是我看過的書，而且很多本的書名都包含食物名稱。」

益子投注在山賀身上的目光，散發出至今未曾有過的熱度。

「不愧是文學院的。」

「跟那有什麼關係？經濟學院也有愛看書的人吧？理麻，只是妳和史彌剛好都沒看過而已。」

確實如此，我和益子不禁垂下肩膀。過去我因為對經營書店又熱愛閱讀的父親感到自卑，很長一段時間都拒絕書本。即使在「金曜堂」打工後，就一直努力看書，但不認識的書仍是多如牛毛。或許是我流露出慚愧的神情，山賀噗哧一笑。

「又不是有在看書就比較了不起——我從小喜歡看書，不是對知識特別有好奇心或研究精神。只是將形形色色的人生濃縮成滿滿鉛字的書本，讓我在閱讀後感到『啊，原來不是只有我這樣』，『哦，原來還有這種思考的角度』，或是『哎呀，和這傢伙相比我不算太糟嘛』之類的，心情會舒坦一點而已。」

「哦……」傻傻應聲的同時，我和益子都明顯對山賀改觀了。這樣可能太單純，但至少我得知山賀熱愛閱讀後，內心就對她萌生了幾分親切感。益子不知道是怎麼想的？我瞥了旁邊一眼，益子正好要開口。

「亞壽美也有想要讓心情舒坦一點的時候啊？」

「當然有，畢竟我是人啊。」

山賀一派輕鬆地回答後，交抱起雙臂。

「不過，這麼多書，我們要去哪裡找？裡面我有的書不到一半。之前大學的福利社雖然答應提供新書，但大致看下來，很多書他們應該不會有。就算趁練習的空檔去各家二手書店挖寶，也不見得找得到。」

「『金曜堂』沒有嗎？」

益子轉向我問，山賀從旁插嘴「不可能啦」，搖搖頭。

「這裡畢竟是靠有限的空間決勝負的車站書店……」

面對從一開始就斷定「金曜堂」沒有庫存的山賀，我如同無聊怪叔叔般「呼哈哈哈哈」地笑了起來。

「車站書店只能擁有有限的空間？哪個傢伙說的？」

「咦，史彌，你怎麼了？」

兩人傻住，我慌忙收起怪叔叔口吻，恢復平常的語調。

「啊，不好意思。嗯，那個……其實『金曜堂』有地下書庫。」

「地下？這裡是位在天橋上的書店吧？」

紜子左右張望，可惜倉儲室沒有窗戶。我心想與其口頭說明，不如直接讓她們親眼見識一下比較快，便安靜蹲低身子，握住把手，拉了起來。通往地下的方形入口旋即出現，底下一片漆黑。這個畫面似乎令紜子和山賀都大吃一驚，隔了一會我背後才傳來話聲。

「咦，要進去嗎？咦，地下書庫眞的是在地下？不要啦，好恐怖，太恐怖了。」

「欸，『金曜堂』是有防空洞的書店嗎？防空洞書店咖啡廳？」

前面那句是紜子，後面那句則是山賀說的吧。誰會說什麼話，不用看臉我也猜得出來了。我笑而不答，將手電筒遞給兩人。

「能親眼看到『金曜堂』的地下書庫，可是相當難得的經驗。途中有不少樓梯很陡，有點像迷宮，要小心。」

等兩人準備好，我便鑽進狹小的入口。一站上朝地底延伸的樓梯，我打開巨大的手電筒照亮腳邊。

每下一級階梯就不停晃動的亮光令人心慌。不過，只要再往下走幾階，就會看到樓梯平台，接下來要往右還是往左走，我已不須經過大腦思考，身體自動就會反應。跟在後頭的兩個人當然不知道路，內心想必有幾分不安吧。呼喚「倉井」、「史彌」的聲音頻頻響起。國高中時期加起來女生叫我名字的次數，大概都遠遠比不上今天。

過了一會，山賀多半是習慣了黑漆漆的樓梯，出聲說道：

「這裡太驚人了，連迪士尼樂園的遊樂設施都要甘拜下風。」

「亞壽美，妳好好照下面。」

「呵呵呵呵呵。」

「妳、聽、著，不要拿手電筒從下面照亮妳的臉。我是叫妳照腳邊吧。」

益子連邁出腳步都顯得心驚膽戰，她害怕到語氣變衝，忍不住發火。然而，山賀卻沒絲毫歉意，長腿一次跳兩階迅速往下。四周只剩我和益子兩個人的腳步聲。於是，我決定改成走在益子的後面。

「山賀看起來和『緊張』一詞沾不上邊呢。」

聽見我不經意說出的話，益子慎重確認腳邊的情況，一面下樓梯，一面淺淺笑了。

「的確。她第一次來排球同好會那天也是，明明連入會申請表都還沒寫，卻一副待了十年的模樣。」

「咦，山賀剛入會沒多久嗎？」

「對啊。她是四月才轉來我們學校——才半年多，看不出來吧？」

「唔、嗯，這樣啊。原來山賀是轉學生。」

我停頓片刻，低頭看著往下走的益子的髮旋。短髮覆蓋的小巧頭部下方，脖子十分纖細，呈現出女性優美的曲線。

「我以爲妳們一定很早以前就認識了。」

「啊啊，算是吧。我們讀同一所高中又同年級，早就知道彼此。」

「只是知道彼此？不是排球社的夥伴嗎？」

益子猛然停下腳步，回頭從下方望著我，堅定地搖頭。

「不是，亞壽美是回家社。那傢伙國中時明明是被選拔爲縣代表的優秀選手，高中卻毫不留戀地拋棄排球。」

從益子選擇「拋棄」而非「放棄」一詞，可以感受到她內心的惋惜。

「那眞可惜。」

「倒是不會。我們高中的排球社不強，沒有厲害的選手，包含我也是。不會有那種要是亞壽美加入，我們就有機會晉級春高（全日本排球高中錦標賽）——的遺憾。」

敍子說完，便咬住嘴唇，再度邁步下樓梯時才又輕聲說：

「雖然我們上同一所高中又同年級，也只是三年級的選修科目一樣而已。我們沒有同班過，也沒有共同朋友，交談次數一隻手就數得出來。她轉進我們大學，還加入排球同好會，我大吃一驚。啊，不對。老實說好了，我覺得非常困擾。亞壽美這種條件的選手待在同好會明顯就是暴殄天物，爲什麼要加入我們呢？我實在很想這樣問。」

按理，敍子的低語應該不至於傳到下面，但地下樓層的燈光彷彿一直等她講完才亮起。緊接著，傳來山賀的歡呼聲。

「哇，太驚人了。是車站耶！」

「車站？」

疑惑的敍子加快腳步，我也跟了上去。

沒多久，敍子和我抵達亮著一排排日光燈的地下書庫。那裡是二戰前就規畫好的地下鐵月台，最後計畫因戰爭遭到中止，無緣問世。細長型的月台下方就是鐵軌，前頭的隧道都挖好了。鐵軌目前沒在使用，但月台在不更動結構的情況下——連「野原站」這個站名牌也維持原樣——擺上一排排書櫃，裝設空調，成爲「金曜堂」重要的地下書庫。

益子倒抽一口氣，山賀朝她走近，低頭看向我（身高差距造成的必然結果），雙手插進圍裙的口袋。

「居然可以看到這種景象，的確是難得的經驗。有這麼大一座書庫，號稱『能找到想看的書的書店』也很合理。店長書單上寫的書，看起來都找得到。」

這時益子和山賀湊近彼此，開始討論書單上山賀沒有的書，有幾本要在「金曜堂」買。最後得出的結論是，只要書架放得下，也沒有超過預算，就全部買回去。

「我也想趁這個機會看一下。」山賀盯著書單笑了。

益子立刻鄭重聲明：

「這些可不是買給妳看的。」

「知道啦。」

山賀隨口回應，環顧一望無際的書櫃。益子很快就消失在書櫃之間，尋找書單上的書去了。我正打算跟上時，山賀卻低聲開口，令我不禁停下腳步。

「史彌，怪不得你有時候會突然從店裡消失，原來是跑到地下這裡來了！」

「有時候？」

我重複她的話，山賀的視線依然定在最遠處的書櫃，微笑著說：

「你不知道？我最近偶～爾會來這家書店喔。」

「啊，益子剛跟我說了。謝謝妳的光臨。」

我恭恭敬敬地行禮，不料她卻發出嘆息般的笑聲。

「你很會耶。史彌，你眞的完全沒有注意到我，對吧？」

「抱歉。爲什麼呢？像妳這種身材好到像是模特兒的女生出現在店裡，通常應該會注意到才對啊。」

我脫口說出心中的想法後，山賀的臉龐在地下書庫的日光燈下清楚漾開紅暈。我慌忙補上一句「剛才那不是客套話喔」，只見山賀的臉更紅了，五官微微扭曲，擺出奇怪的笑容。

「說『不是客套話』，反而聽起來更像客套話，你知道嗎？」

「啊，不，眞的，我只是說出眞心話而已。」

「夠了。史彌，如果你是眞心這麼想，就不要再加上那句好像在解釋的話。不然……會不受女生歡迎喔。」

痛處忽然被踩到，我垂下雙肩。

山賀或許注意到我突如其來的沮喪，改變了話題。

「暑假——大概是八月下旬吧？排球同好會的練習結束後，我坐電車睡過頭，碰巧在野原站下車。下一班電車還要很久，爲了打發時間我就在車站裡探險，結果在天橋上發現了『金曜堂』。史彌，我馬上注意到你，心想：『啊，是和理麻上同一堂專題討論課的男生。』」

「我那時在做什麼？我有好好對妳說『歡迎光臨』嗎？」

「你在招呼客人，沒有對我說『歡迎光臨』。你正拚命向一位紫色鮑伯頭的阿姨說明著什麼。」

「啊……」

大谷靜佳女士的身影清晰浮現腦海。她是大谷正矩前議員的妻子，「金曜堂」的顧客。

與靜佳女士相關的種種，對於「金曜堂」來說實在事關重大，我不禁陷入自己的思緒。山賀喊著「喂~」，在我面前揮舞修長的雙手。

「你想起來了？」

「咦？啊，嗯。抱歉，當時我太專心在招呼客人……」

「我知道，感覺就是那樣。」

啊哈哈哈地朝著天花板爽朗大笑，山賀接著往下說：

「不過，也不是只有那次。不管我什麼時候來，史彌，你總是全心全意聆聽顧客說話，誠懇應對，不然就是抱著一疊書跑來跑去。有段時間，『金曜堂』不是有一些不好的傳聞嗎？你那種珍惜書本和顧客，彷彿要打破不負責任的謠言一樣拚命努力的身影，非常迷人喔。」

在那段難熬的時期，原來有人是以這種溫暖的目光關注著自己，我不禁一陣鼻酸。

「啊？」一道掃興的聲音響起，我們回過頭。只見書櫃旁，益子一手抱著約莫三本書，另一手插腰站定，目光凌厲地瞪向山賀。

「就是這樣妳才會提議在學園祭開書店咖啡廳，對吧？所以妳才想尋求『金曜堂』的建議，對吧？」

「咦？那個……咦？」

我無法理解眼前的狀況，輪流望向兩人。山賀神情自若地回答「嗯，沒錯」，拍了一下手。

「趁這個機會，史彌，我可以問你一件事嗎？」

「咦，什麼事？」

「那個啊……我啊，有一本無論如何都想再看一遍的書。」

「哦，什麼書？」

我正準備洗耳恭聽，不料山賀卻乾脆地搖頭說「我就是不曉得」。

「我只有在國中的圖書室借來看過一次，作者和書名都忘了，實在是令人悔恨的失誤。只記得是一位女性坦承自身黑歷史的故事。」

「黑歷史……」

「對，像是愛上戀愛本身的女孩這種黑歷史。」

我大大歪頭，完全沒有靈感，一絲頭緒都沒有。我的閱讀量還太少，八成沒看過那本書，才會腦袋一片空白。

「這邊既然有這麼多書，很可能會有我想再看一次的那本書吧？希望你幫我找出來。」

山賀滿是期待的雙眼凝視著書架，益子毫不猶豫大步朝她走去，將那張書單遞到她的眼前。

「亞壽美，妳還有閒工夫講這種話？我們要先找書單上的書。妳個人的感受和願望，都等正事辦完再說。」

「那個……如果妳不嫌棄……」

我忍不住開口。無論如何我都想先澄清，「金曜堂」確實藏書豐富，但「金曜堂」之所以會成爲「能找到想看的書的書店」，並不是因爲龐大的藏書量。

而是因爲「金曜堂」有書店員工賭上書店的信譽，爲顧客尋找命中注定的那本書。不過很遺憾，那名書店員工並不是我。

「妳待會可以找南店長商量看看，她一定幫得上忙。」

山賀停在高處的視線，落到我的身上。她屈身望進我的眼底深處，「嗯」了一聲。

「可是，史彌，我比較希望你幫我耶。」

「抱歉。不好意思，我也想幫忙，但我看過的書實在太……」

我慌張道歉，山賀雙手交抱胸前看著我，瞇起眼笑了。

「史彌。」

「是？」

「你果然不受女生歡迎吧？」

山賀斷然抛出這句話，轉身面向益子。

「那就去找清單上那些書好了。」

益子撇下嘴角，點點頭，隨後瞄了我一眼。

❀

書單上的書全部找齊，回到地面上後，正好倒數第二班上行電車剛開走。益子和山賀必須等一個小時才能搭最後一班電車回家。

「這麼晚了？時間過得好快。」

「嗯，眞的過好快。而且我肚子餓了。」

益子露出清爽的笑容，一旁的山賀則摀著肚子。益子沒有回應她，反倒看向我。

「還有其他事要做嗎？」

我還在思考該怎麼回答，槇乃就出現了。

「辛苦啦，栖川等妳們很久了。」

「栖川？」

山賀露出訝異的神情，望向吧檯。槇乃莞爾一笑，帶兩人走到茶點區。吧檯後方，誘人的白色水蒸氣冉冉冒出。和風醬油的香甜氣味輕輕搔過鼻尖。

「這香味是……親子蓋飯？」

「豬排蓋飯。」

面對鼻子往上翹的山賀，正把打散的蛋液倒進小平底鍋的栖川簡短回答。

我有禮地請兩人坐上高腳椅，山賀一屁股就坐下來，益子入座時神色仍有顧慮。高腳椅的椅面明明很高，但兩人的腳都能輕鬆踩在地上。

槙乃走過來，低頭行禮道：

「理麻小姐、亞壽美小姐，今天謝謝兩位幫忙書店的工作到這麼晚。人手變多，減輕了不少負擔。而且今天的經驗相當有參考價值，日後登記打工的人來實習時，我就知道應該怎麼指導他們，該請他們分擔哪些工作才好。」

槙乃稍稍停頓，望向栖川。栖川心領神會似地將平底鍋中，跟和風醬油一同燉煮的炸豬排蓋飯食材豪氣地鋪在白飯上。冉冉升起的白色蒸氣，讓我的眼鏡都起霧了。

「這頓晚餐是給兩位的謝禮，是『金曜堂』的一點心意。請享用後再回家。」

「哇！謝謝。我開動了。」

山賀立刻開心地拿起筷子，旁邊的益子則撫著短髮，顯得有些扭捏。

「我聽說今天是雙方互惠的關係，但現在連晚餐都幫我們準備好……」

「妳不用客氣，這也是我們書店員工的宵夜。」

「這該不會是《廚房》裡的豬排蓋飯？」

山賀吃了一大口，雙頰鼓脹地詢問。栖川的藍眸一亮，神色和緩了些。看來是說中了。

「送豬排蓋飯過去的那一段，很不錯吧？」

槙乃露出微笑，點點頭。坐在最裡面那張高腳椅的和久探出身子。

「那一段何止『很不錯』，根本就是『棒呆了』啦。」

「阿靖，冷靜點。」

槙乃不隨之起舞。與此同時，笽子接過栖川默默遞來的筷子，小心翼翼地吃了第一口，隨即發出「呼」的滿足聲。

「好吃。麵衣、和風醬油和雞蛋的平衡絕佳，在嘴裡一下就化開來。」

「這是怎樣？美食評論嗎？」

「妳少囉嗦。」

山賀從旁揶揄，笽子用手肘推了推她，高興地看著栖川。

「其實下週就是關東地區的排球同好會聯賽，能在這個時間點吃到如此美味的豬排蓋飯（註），感覺是幸運的徵兆。」

「祝妳們順利。」

栖川以優美悅耳的嗓音送上祝福，感覺又更吉利了。我也朝兩人的背後說「加油」。

原本像是抱著飯碗般大快朵頤的山賀忽然停下手，漂亮的臉蛋上黏著飯粒。她回過頭，指著益子說：

「要加油，請幫理麻加油。」

「啊？什麼？妳怎麼講得一副事不關己的樣子？亞壽美，妳也要上場喔。」

益子回她時臉上還掛著笑容，但山賀輕輕應了一句「我不上場喔」，又埋頭吃飯後，益子的臉色就變了。她皺起眉頭，眨了眨眼。

「咦？等一下。亞壽美，妳眞的不上場嗎？」

「我不上場。」

「爲什麼？妳受傷了嗎？妳今天殺球的狀況很好，不是嗎？」

「我沒受傷，狀況也不壞。反正選手人數夠，有什麼關係？」

註：豬排蓋飯的日文是「かつ丼」，「かつ」（katsu）讀音與的勝利（勝つ）相同，日本人常在比賽前或考試前吃，討個吉利。

「不是這個問題吧？王牌不出場，比賽要怎麼辦？」

「眞的拜託妳不要再講什麼王牌不王牌的，我可是四月才半途加入的新人喔。」

山賀露出抗拒的神色，將豌豆一顆一顆丟進口中，最後啜一口茶，緩緩開口：

「抱歉，我應該先講清楚的。我想參加練習和集訓，也願意去比賽現場爲大夥加油，但我早就決定不以選手身分參加比賽了。」

「爲什麼？」

「我說啊，什麼原因不重要吧。有什麼關係，反正只是同好會而已。」

「就算只是同好會，大家也是認眞在打排球，認眞在比賽，不是來玩的。即使是妳眼中技術差勁的隊伍，我也希望和她們好好打一場，贏取勝利。」

兩人的對話逐漸發展成爭執，我在旁邊看得心驚膽跳。今天從一開始就能感受到益子和山賀互不對盤，兩人磁場不合導致的衝突到了此刻一口氣全數爆發出來。槙乃與和久默默觀察情況，栖川則泰然自若地著手洗餐具。

「呃，兩位都先……」

我試圖緩和氣氛，似乎被當成耳邊風，益子雙手往吧檯桌面一拍。

「亞壽美，妳爲什麼每次都要這樣？」

「每次?」

「就是每次啊。妳或許不記得了,國中時的縣大賽,我和妳打過一場。實力差距太懸殊,那場比賽我們學校徹底慘敗,我當場號啕大哭。每次比賽輸了,我都會不甘心地哭泣,不過那一次該怎麼說呢?感覺上是因恐懼而哭。就像是領教到這世上多的是努力也沒有用的事情嗎?還是運氣、才能、環境等,與生俱來的潛能影響的層面之大,深深震懾了我?不光是排球而已,今後自己勢必會在各方面,透過各種形式,再度體會到今天這種挫敗感,對活下去感到恐懼吧。」

「妳又講得這麼誇張。」山賀試圖以玩笑帶過,但益子不發怒也不笑,淡淡地往下說:

「我沒有誇張。那一場比賽,在我心中就是這麼重要。天生優勢的體格、出類拔萃的身體能力和超群的球感,同時具備這三項條件,輕輕鬆鬆就被選拔爲縣代表選手的山賀亞壽美,妳不知道我有多羨慕妳。我很崇拜妳,還跑去找妳握手。我當時眞心認爲,這個人一定會參加春高,加入職業球隊,說不定還會被選爲日本國手。沒想到比賽結束後,妳卻一邊收拾東西一邊和隊友說:『比賽提早結束了,回家前還可以去看一場電影耶!』像是解決掉什麼麻煩事,一副很開心的樣子。至於贏得排球比賽的喜悅,一丁點都沒有。」

「金曜堂」裡鴉雀無聲。益子咬了一口裹上滑蛋的炸豬排，又喝了一口茶。

「亞壽美，我知道妳其實沒有那麼喜歡排球。妳沒選擇排球名校，讀了一所普通高中，就是爲了和排球保持距離吧？我應該很清楚才對。只是，當我在學校裡遇見同年級的妳時，我有那麼一瞬間不小心萌生了『說不定可以和厲害的選手在同一隊打球』的期待。」

雖然最後妳拒絕入社，我的期待輕易就破滅了。益子說完，縮縮脖子，喝起滑菇味噌湯。

「我不想再嘗到更多失望的滋味了，後來就盡量避免和妳接觸，誰知道在大學又遇見妳。而且亞壽美，這次是妳自己主動加入排球同好會。這到底算什麼啊？我都搞不懂了。」

益子將高腳椅轉了半圈，面朝我的方向。

「中間隔了一大段空白，妳自然不再是頂尖選手，但還是比我們這些凡人厲害。排球同好會王牌的位置，妳不費吹灰之力就能搶到手。既然是這麼厲害的選手提議的，大家也就同意學園祭來辦書店咖啡廳。妳懂嗎？亞壽美，這就是大家開始認定妳是王牌的證據。結果妳卻說，不參加比賽？搞什麼啊？」

益子明明沒有喝酒，卻不知從何時起雙眼牢牢盯著同一點，一動也不動。

「妳每次都這樣。亞壽美，妳總是讓我的希望落空。我不曉得妳是無欲無求、天性怠惰，還是三分鐘熱度，我被耍太多次了。我受夠了。」

「我吃飽了……」

山賀靜靜地放下飯碗。吃得乾乾淨淨，連一顆飯粒都沒剩下。她挺直背脊，轉向槙乃。

「店長，我有一本書一直很想再看一次，但我不曉得書名。」

益子抗議「當我是空氣嗎」，氣到雙肩發抖。槙乃使眼色制止她，甩肩撥開大波浪鬈髮，微笑問道：

「是什麼書呢？我來找找看，請妳提供一些線索。」

等栖川與和久也都確實將注意力轉向山賀後，她複述了一遍方才在地下書庫時告訴我的資訊。

「國中圖書室可能會擺的書。文體是採女性第一人稱自白的形式，坦承自身戀愛的黑歷史……」

槙乃白皙的臉頰散發出光芒，那張側臉宛如正在作夢的少女，視線在空中徘徊。想必她是在一一搜尋記憶庫，在名為書海的廣大宇宙中遨遊吧。

不知有意還是無意，槙乃在山賀和益子中間的高腳椅一屁股坐下，順勢在桌面上拄肘托住臉頰，低喃出聲：

「女性的自白文體，嗯嗯……亞壽美，麻煩妳再多給我一個線索。」

「欸，線索？有什麼……可以作為線索的嗎？」

山賀搔搔頭，看起來相當不可靠。從剛才就在吧檯內忙碌的栖川俐落地端出一個托盤，上頭擺著小缽、碗和小碟子。

「這啥？」

原本坐在最旁邊沉浸在文庫本世界中的和久伸長脖子。

「文豪套餐。」

「咦？」

山賀和益子也訝異地張開嘴巴，輪流看向托盤上的食物和栖川。

「學園祭上書店咖啡廳的菜單。全都太正經也不好玩。我從那些大文豪喜愛的食物中，挑了幾種能快速準備好又有點意思的品項，組合成套餐。」

栖川難得給這麼長一段的說明。我們全都緊緊盯著吧檯上的托盤。

最容易下手的是小碟子，上頭擺著偏白色的點心。立即伸出手的人是和久。咬得喀喀作響後，他大叫：

「這是平常用來下酒的花生嗎？變甜了。」

「用來下酒的花生會撒鹽。這是掛霜花生，裹上了砂糖。」

我們也伸出手，各自品嘗起來。

「感覺熱量很高。」益子低聲嘟噥，正要再拿一些的槙乃慌忙縮手。

「作家消耗很多腦力，才會特別想吃甜的嗎……？」

聽見山賀的發言，和久皺起眉說：

「但這未免太甜了。栖川，這是誰喜歡吃的？」

「夏目漱石（註）。」

一聽見大文豪的名字，我們不自覺望著小碟子端正坐好。槙乃最後還是再吃了一口，咬得喀喀作響，說道：

「漱石老師嗜甜如命嘛。《草枕》裡描寫羊羹的文字，甚至帶有一點莊嚴神聖的色

註：夏目漱石（一八六七～一九一六），小說家、評論家、英國文學學者，為日本現代文學的文豪之一。

彩。」

「那麼，這是……？看起來是下酒菜耶。」

山賀說完便把鼻子湊近小缽，專心嗅聞氣味。栖川一一為大家擺上免洗筷，開口回答：

「罐頭鮭魚。」

「喔！我喜歡。」

「我也是。」

和久與槙乃一臉開心地掰開免洗筷時，栖川又補上一句：

「再撒上大量的味之素（註一）調味粉。」

「幹麼要撒啦，拜託！加不加是我的自由吧。」

和久失望得仰天抱怨，用眼角餘光瞄他的槙乃伸手按著額頭。

「等等，我應該在哪裡看過，以前的小說家中——有人是味之素的忠實信徒，吃什麼都要加味之素調味粉。」

「是太宰治（註二）。檀一雄（註三）在《小說　太宰治》裡描寫了往罐頭鮭魚撒上大量味之素調味粉的場景。」

「啊，說到這個，我爺爺也常在白飯上撒味之素調味粉，說『這樣吃會變聰明』。」

我分享自己的回憶後，和久撇下嘴角，拿起筷子。

他說著「要是吃調味粉眞的會變聰明，多少我都加」，吃下一大口撒有味之素調味粉的罐頭鮭魚，雙頰鼓了起來。下一秒，內凹的雙眼倏地睜大。

「哦，意外很搭耶，南。」

「咦，眞的嗎？」

剛才一直在想事情的槇乃回過神，切下一塊鮭魚肉送進嘴裡。「哇喔！」她摀住嘴巴，大眼睛閃閃發亮，開始滔滔不絕地盛讚有多美味。

我指向托盤上剩下的那個碗。大約兩口分量的白飯上，擺著豆大福。

「那麼，最後這個又是什麼？」

「豆沙包茶泡飯。」

註一：味之素株式會社是日本食品製造商，專門販售味精及各式增味劑。「味之素」也是其味精的註冊商標。

註二：太宰治（一九〇九〜一九四八），日本無賴派小說家。

註三：檀一雄（一九一二〜一九七六），小說家、作詞家、料理家。

栖川往碗裡注入熱茶，一臉稀鬆平常地回答。

「森鷗外（註一）喜歡吃這個。他那些女兒分別在自己書裡提過。」

「哦，我看過森茉莉（註二）寫的《貧窮薩瓦蘭》。其他還有小堀杏奴（註三）的……？」

「《晚年的父親》。」

和久一問，栖川不假思索地接下去說出書名。

「這些書裡提到，森鷗外是用從喪禮拿回來的豆沙包做的，不過今天就用店裡現有的大福代替。」

「咦？那該不會是我帶來自己要吃的大福吧？」

「我借用了。抱歉。」

栖川連低頭也沒有，堂而皇之地道歉。槇乃雙頰鼓脹有如大福，氣嘟嘟地看著他。

一旁的山賀戰戰兢兢地拿起碗，用免洗筷三兩下就吃光了。

「好吃嗎？」所有人異口同聲問，山賀聳聳肩。

「不難吃，但我還是喜歡把白飯和大福分開吃。」

山賀又接著說「不過……」，端起大家試吃完畢的那個托盤。

「文豪套餐這想法很有趣，請讓我放進學園祭的菜單中。理麻，妳說對吧？」

山賀毫無芥蒂地爽朗一問，益子瞬間不知道該以何種態度回應才好，最後維持著不悅的神情，微微點頭應了聲「嗯」。

「這樣的話，剛才栖川先生他們提到的那些書，書店咖啡廳裡也要擺比較好吧？要找二手書嗎？」

「唔，就當是感謝『金曜堂』的照顧，不如都買新書？預算應該還有剩吧？」

益子果斷提出的方案，山賀當場接受，隨即有些慌張地從高腳椅上站起。

「店長，我可以再去一次地下書庫，把這些書拿上來嗎？」

「當然可以。我和倉井會陪妳一起去。理麻小姐，妳也一起來嗎？」

聽見槙乃的詢問，益子從圍裙口袋掏出手機，看了一下時間，轉向山賀，噘起嘴說：

「可是，再十五分鐘最後一班電車就要開了。」

「要是沒趕上，搭計程車回去就好啦。反正我們住同一棟宿舍。」

註一：森鷗外（一八六二～一九二二），小說家、評論家、翻譯家、軍醫，與夏目漱石齊名的文豪。

註二：森茉莉（一九〇三～一九八七），小說家、散文家。森鷗外和第二任妻子的長女。

註三：小堀杏奴（一九〇九～一九九八），散文家。森鷗外和第二任妻子的次女。

「什麼？亞壽美，要跟妳一起搭車嗎？」

益子明顯地表現出嫌惡，山賀將目光從她身上移向我，攏起長髮。

「史彌，如果你也要回竈門那邊，就一起搭車吧。我還想跟你私下多聊聊。」

「咦？啊？我……」

感受到槇乃的視線，我支支吾吾不知該如何回應時，山賀就逕自宣布「那就說定了，再加上史彌，計程車錢只剩三分之一」，向益子下了結論。

「可以嗎？」

山賀笑著詢問的對象不是我這個當事者，而是槇乃。槇乃微微側頭思索，但一留意到我的視線便莞爾一笑。

「下班後的時間要做什麼，是倉井的自由。」

怎麼這樣……我暗自哀號，說不定臉上都露出失望的表情了。我可悲地想從槇乃的笑臉上找出一絲動搖，但那張燦爛明亮的笑臉上，連一絲一毫的陰影都沒有。

再次回到地下書庫後，我們分頭尋找那幾本書。其他兩人走進成排鋁製厚重書櫃的深處，轉眼間就消失了蹤影。

我和益子一起朝作家姓名以タ（TA）行假名文字開頭的書櫃走去，目的地是擺放檀一雄作品的區域。我找到岩波現代文庫的《小說　太宰治》後伸手取下，一旁竟然還有《太宰與安吾》這本書。

「檀一雄這個人，眞的超喜歡太宰治耶。」益子語帶佩服。

我不認識檀一雄這位作家，也沒聽過他的書，只能含糊點頭。檀一雄那一區除了與太宰治有關的書，還擺了其他許多著作，甚至有看起來像歷史小說的書名和食譜。望著這些書本，我思索片刻，將自己的想像說出來。

「他大概是個珍惜友誼的人吧。」

「或者說，太宰治和坂口安吾（註）作爲朋友，擁有令人忍不住動筆記錄的特質吧。」

一道聲音接著我的話說下去。我轉頭望向聲源處，只見書架的盡頭，槇乃抱著《貧窮薩瓦蘭》和《草枕》站在那裡。

她輕快地走到我們旁邊，在我和益子中間倏地蹲下，朝益子一笑。

「有一種朋友就是會讓妳煩惱，惹妳哭泣，實在不想稱之爲好朋友，卻又離不開，不是嗎？」

「咦？」

益子還在驚訝時，槇乃從幾乎霸占下方一整排書架的太宰治著作中，抽出書名爲《女生徒》的文庫本。

「啊，是《人間失格》的作者……」

益子脫口而出的語氣，槇乃聽了頓時偏頭問：

「妳討厭太宰治的作品嗎？」

「與其說討厭……應該說我不太能理解。他的作品有收進教科書，考試題目和參考書裡也常出現，所以我看過。不過那個故事，不就是在講一個煩惱不休的男人嗎？一天到晚猶豫不決的。」

「猶豫不決……」

聽見我小聲複述，益子點點頭，目光便不自覺地從太宰治那一櫃飄開。

「我每次都會忍不住在心裡叨唸，不管去玩、去運動都行，明明他只要稍微活動一下身體，找回身心平衡的狀態就好了啊。我大概就是先做了再說的類型吧？」

噗哧一聲，有人笑了出來。不是我。槇乃仍一臉認眞。益子將架上並排的書挪開，朝站在對面的那個人開口：

「妳不要笑啦，亞壽美。」

「啊，抱歉，妳聽到了？」

山賀靜靜地繞過書櫃走來，手中拿著《晚年的父親》。

「少裝了，妳就是故意笑給我聽的吧？」

「眞的不是啦。我在腦中想像太宰治鍛鍊身體的情景，覺得實在太滑稽了。」

山賀笑到雙肩顫抖，益子朝她哼了一聲，轉向槇乃。

「店長，妳喜歡太宰治的作品嗎？」

「其實……理麻小姐，我以前和妳一樣，不太能理解他的作品。不過高中有一次讀書

註：坂口安吾（一九〇六～一九五五），小說家、評論家、隨筆家。代表作有《墮落論》、《盛開的櫻花林下》及《不連續殺人事件》等。

會的主題書是《御伽草紙》，內容很有意思，情節安排又非常巧妙，我就喜歡上了。」

「有意思？」

「對。太宰治留下的作品中，有許多會顛覆妳對他的印象喔。」

槙乃笑咪咪地將《女生徒》俐落舉到臉旁。

「比如後世編纂的這本書。主角都不是男性，全是以女性的第一人稱自白口吻寫成的短篇小說集。」

「女性？」

益子露出大感意外的神情。槙乃點點頭，繼續往下說：

「對，其中成為書名的〈女生徒〉這篇相當出名。描寫一個自我意識過剩的女學生，度過了平凡無奇的一天。雖然她對遇見的人、發生的事實際採取的行動並不起眼，但隨著境遇的變化，她內心接連升起糾結、羞恥或自我表現欲等各種情感。而這些心境實在太符合青春期少女的小心思了，說不定很多女性都忍不住想大喊：『太宰治，你是我肚子裡的蛔蟲嗎！』」

聽完槙乃的說明，山賀輕輕「啊」了一聲。

「難道我想再看一次的那本書……」

「沒錯。我也是剛才栖川端出撒了大量味之素調味粉的罐頭鮭魚時，才第一次想到這種可能性。如果是太宰治，應該有辦法寫出非常眞實的女性自白。如此一來，亞壽美，這本書中收錄的短篇〈無人知曉〉，極有可能是妳一直在找的那個故事，妳覺得呢？」

槇乃仍微微偏頭，遞出文庫本。山賀接過書，神情已失去了原先的從容。

書封的插圖是，一個撐著傘的女學生飄浮在斑馬線上方的空中。

山賀快速翻過書頁，手頓時停住，目光猛然上下來回掃過。不久，她抬起頭，激動地注視著槇乃。

「就是這本書。就是這個故事。天哪，我一直以爲是女性作家寫的小說，白白找了好久。店長，妳眞厲害。」

看見我忍不住鼓掌，槇乃那雙大眼睛又睜得更大了，接著她豎起大拇指。

「倉井，請你再拿一本角川文庫出版的《女生徒》過來，應該有另一個版本，封面是兩個女學生的照片。」

「是。」

我將槇乃要求的書交給她後，她把那一冊文庫本遞向益子。

「理麻小姐，怎麼樣？太宰治是如何描寫女性的，妳一點都不好奇嗎？」

「店長，爲什麼妳要推薦太宰治給我呢？」

「因爲很可惜。」

看見益子遲疑的模樣，槙乃莞爾一笑。

「書本是活的。我認爲就算同一位作家以同樣文體撰寫同一個主題，也會因爲執筆的時期和精神狀態不同，而寫出截然不同的作品。所以，如果只因少數幾部作品，就認爲自己徹底了解那位作家和他的所有作品，未免太可惜了。」

沉穩勸說後，槙乃彷彿此刻才第一次見到兩人，輪流看向山賀和益子。

「人與人之間也一樣吧？如果單看一個面向，就認爲自己完全了解一個人，妳們不覺得這樣很可惜嗎？」

益子的視線隨即移至山賀身上。而山賀牢牢盯著手中的文庫本，輕聲說：

「妳就看一下嘛，理麻。」

「咦？」

「我也希望妳看〈無人知曉〉。」

「爲什麼我要……」益子說到一半便打住，多半是想起槙乃方才說的那句話吧。她沉默下來，轉向槙乃。

「這本書請借給我看，晚點我會用個人名義買下來。」

「請看、請看。站著看太累了，歡迎去坐那邊的沙發。」

槙乃目送益子和山賀朝沙發走去。接著，確認兩人在沙發（儘管保持了一段距離）並排坐下，讀起同一篇故事後，她才轉向我，一本正經地喊「倉井」。她的神情帶著些許緊張，搞得我也緊張起來。

「什麼事？」

「我可以……交代你一項工作嗎？」

「好，當然。」

我不住點頭，槙乃鬆口氣似地笑了，表示希望我幫忙整理明天櫃上要擺的選書。

只要野原高中或野原町舉辦活動，和平常不同的客群來到野原站時，當天離店門口最近的書櫃就會盡量配合這些人的喜好來陳列書籍。這是「金曜堂」的用心，也是相當費勁的店面管理工作。

順帶說明，明天國際摺紙大賽將在野原高中舉行，會有許多對摺紙這類日本文化有興趣的外國人蒞臨這個車站。因此槙乃的想法是，摺紙相關書籍一定要擺，連外國人也八成看得懂的日文詩集、繪本或漫畫都要一一上架。

我看著槙乃遞過來的清單，取出《金子美玲童謠集》和《窗．道雄詩集》，而後伸長脖子，向在前一排漫畫櫃那邊的槙乃搭話。書本遮住了彼此的臉，我才比較敢說出口。

「店長，妳剛才講的話一直在我腦中盤旋。」

「咦，『書本是活的』這句話嗎？」

「不是，唔……那句也很打動我，不過是下一句——光看人的一個面向，就認為自己了解對方是很可惜的事。」

——所以，槙乃，我想了解更多妳的事。

我還在苦惱接下來要講什麼時，從書本另一側傳來槙乃的聲音。

「沒錯，眞的很可惜。所以，多告訴我一些你的事吧。」

「咦？」

槙乃回答得太過爽快，我還以爲是自己聽錯了，但她興高采烈地繼續說：

「仔細想想，我所接觸到只有在『金曜堂』工作的倉井。沒在打工時大學生身分的倉井是什麼模樣，我根本不清楚。今天看你跟理麻小姐和亞壽美小姐交談的樣子，我就注意到了。」

我現在才注意到這件事，實在是太晚了……她愈講愈小聲。我注視著前方書本的書背，滿腦子都在猜想書本另一頭的槙乃此刻是何種表情，書名和作者名根本都沒看進眼裡。

「如果妳願意聽……我什麼都可以告訴妳。」

大概是喉嚨太乾的緣故，我的聲音異常沙啞。槙乃沒有回應。她沒有聽見嗎？我實在按捺不住，忘我地把書本向兩邊挪開，窺探站在書櫃另一側的槙乃。她抱著《火影忍者》、《七龍珠》和《14歲》這些漫畫，又朝《漫畫道》伸出手時，目光已投向益子她們坐的沙發了。那副神情，又是一心只有書本和顧客的店長了。不出所料，她接下來說的話也是以店長身分的發言。

「真希望理麻小姐和亞壽美小姐也能察覺彼此〈無人知曉〉的部分。」

「是啊。」

同樣以員工身分回應後，我抱著找齊的詩集站起身，走到書架邊緣，探出頭向槙乃詢問：

「南店長。我也可以看《女生徒》嗎？」

身體依然朝向書架，只有臉轉向這邊的槙乃，雙眼驀地一亮。

「嗯，當然。還有庫存嗎？如果沒有，我收在置物櫃的那一本借給你。」

我點點頭，心思飛向或許未來有幸得見，也可能終究無緣窺見的，槇乃的另一面。

❁

我們回到店裡後，栖川已在煮咖啡。酒精燈上火焰搖曳，玻璃壺中的水不斷冒泡沸騰著。

「好香。」槇乃說著就往吧檯走去。

山賀和益子各自拿著封面不同的《女生徒》，神情疑惑地開口。

「請問……」

「方便的話，要不要過去休息一下？栖川泡的咖啡很好喝喔。」

「噢，眞的。星巴克根本不能比。」

「比這個意義何在。」

和久隨口說說的玩笑話被栖川一句話堵回去，槇乃安撫栖川的同時也伸手比向高腳椅。咖啡香氣和橘黃色溫暖燈光的邀請，沒有幾個人能夠拒絕。益子和山賀窺探著彼此的反應，各自點了頭。

「倉井，你也來。」聽見這句話，我也坐了下來。吧檯前依序是我、山賀、槙乃、益子與和久。我無事可做，感到有一點尷尬，於是翻開從槙乃的置物櫃借來的《女生徒》，讀起〈無人知曉〉。那篇故事只有十來頁，算是短篇，內容是一位名叫「**安井夫人**」的女性回憶「**將近二十年前的往事**」，娓娓道出女校同學「**芹川**」的戀愛經歷，最後坦承了騙動自己的某一種情感。

太宰治這位作家寫作能力精湛，加上頁數又少，咖啡杯都還沒端上桌，我就順暢地看完了。要不是槙乃聊起這篇作品，我大概會看過就忘，心中不起一絲波瀾。

包含吧檯內的栖川，每個人都拿到咖啡後，槙乃交互望向兩側的益子和山賀，開口問：

「亞壽美小姐，妳喜歡〈無人知曉〉的哪一部分？」

「唔，與其說『喜歡』，我覺得那篇作品非常恐怖。我看的時候才國中，很怕自己說不定有一天會變成『**安井夫人**』……」

「恐怖嗎？」

「對。『**安井夫人**』缺乏自我，不是嗎？那麼，她擁有的那些心情自然也全都是假的，不是嗎？明明沒有多喜歡爺爺，爺爺過世時她卻哭得比誰都傷心。一得知平常瞧不起的朋友正在見識自己不認識的世界，她就心生羨慕。朋友談了戀愛，她就跟著對離自己最近的人萌生愛苗。她既愚蠢又膚淺，對吧？一想到自己似乎有很多地方像她一樣，我就覺得很恐怖。」

「咦？」發出驚呼的人是嗌子。她雙手按在吧檯桌上，探出身子，隔著中間的槙乃瞪向山賀。那道目光凌厲到連坐在山賀旁邊的我，都不由自主地後仰。

「妳在說什麼？亞壽美，妳是『**芹川**』吧？」

「妳爲什麼會這麼想呢？」

「因爲在我看來，亞壽美是『**純真無瑕的人**』。」

聽見嗌子引用書中的話，山賀嘆氣，喝了一口咖啡。她翻過書頁，同樣引用書中的話回應。

「妳眞敢說。理麻，『**她的純真實在非常美麗，令我十分羨慕**』的，是妳才對吧。一旦決定自己想做什麼，就能一心一意地努力，與他人建立相互信賴又溫暖的關係——這種人，在現代社會很少見了。妳看起來就是會自然遇見興趣相投的男性，順利培育愛苗、步入婚姻，過著相愛又幸福的生活的『**芹川**』本人。」

聽見山賀脫口說出「眞羨慕妳」時，嗌子明顯心生動搖，嘴裡不斷反覆說著「可是」、「那個」，又慌忙啜一口咖啡，直喊「好燙」伸手摀住嘴巴，應道：

「我最愛的排球卻不愛我呀。就算我再喜歡排球，要成爲職業選手，身高和技術條件還是差太多了。」

「那妳認爲我的條件就夠了嗎？」山賀靜靜反問，看向益子。「身高或許夠吧。技術的話——如果加把勁應該也追得上。然而我缺少最關鍵的東西，那就是啊，努力的熱忱。理麻，妳說對了。我不喜歡排球。我不知道想過幾百次，要是能喜歡上排球就好了，但就是沒辦法。國中時和妳的那場比賽，我記得很清楚喔。不管比分拉開多大，妳依然積極面對每一球，輸了大哭完後又走來跟我握手，雙眼閃閃發亮地問：『要怎麼做才能像妳一樣，隨心所欲地控制殺球的路徑呢？』當時我打從心底認爲，妳眞不得了。我嚇到了。那一次我終於明白，我缺少了驅動自己『想要努力』的某種渴望，我的『努力』全是假的。大概就是剛好在那陣子看到〈無人知曉〉，我才會留下印象。在我心中，故事內容和理麻的臉重疊了，烙印在心底。」

山賀輕輕笑了，凝視著咖啡杯內。

「在高中重逢時，我也很驚訝。我實在沒辦法和像妳這樣眞誠面對排球的人一起參加社團活動，才會拒絕入社。不過，轉學到這所大學時，得知理麻妳加入同好會繼續打排球時，不知爲何我想再試一次。我忍不住期待，如果是興趣取向的同好會，沒辦法努力的我說不定能像妳一樣喜歡上排球。」

「所以妳才來排球同好會嗎？」

「對。所以我才加入同好會。加入後，雖然只有一點點，不過我稍微體會到排球的樂趣了。但我同時也認清，理麻妳就不用說了，其他成員也都遠比我更喜歡排球。我們現在是同好會，不是社團，要是讓眞心熱愛排球、一直拚命努力的成員坐冷板凳，反倒由我出賽，實在太對不起大家了。」

山賀的語氣淡然，這次輪到益子嘆口氣說：

「無論是社團活動，還是同好會，攸關勝負的世界裡，沒有誰對不起誰這種事。一旦面對比賽，喜不喜歡排球這一點根本不重要。妳這種想法，我個人完全沒辦法認同。明明這麼有潛力，卻努力不了，眞教人火大。不過站在主將的立場來說，我才不管妳面對排球是什麼心態，只要是厲害的選手，我就希望妳出賽，然後獲勝。這樣一來，我們隊伍就會有更多可能性不是嗎？可能有機會晉級，也可能會有強隊主動邀請我們進行練習比賽。而這些結果都會讓整個隊伍的成員開心，根本不會對不起誰。」

「是這樣嗎？」

脊。

「就是這樣。」

槙乃剛才一直低著頭，讓坐在自己左右側的兩人盡情爭吵，直到此刻才第一次挺直背脊。

「每次讀這個故事我都不禁思考，『**芹川**』的『**沒有人知道**』的一面，又是什麼樣呢？」

益子和山賀的目光落在自己手上的文庫本。我也再次翻開書頁。「**安井夫人**」是用第一人稱「我」敘述故事。至於『**我的朋友芹川**』，則被描寫成剛滿二十歲，無憂無慮的女孩。

「『**芹川**』這種人會有祕密嗎？」

山賀咕噥一句，益子也疑惑地偏頭。我開口問槙乃：

「書中的描寫是，對於『**安井夫人**』來說，『**芹川**』會『**認同我所有的話**』，兩人形成一種『**類似主僕般**』的關係。要說她懷有祕密……」

「你說的頂多是站在『**安井夫人**』的視角看見的『**芹川**』吧？」

槙乃從我手中抽走她自己的文庫本，快速翻到某一頁，大聲念出來。

「『**芹川**』是會說『**有島武郎比鷗外更有深度**』的書癡，完全不顧閱讀偏好明顯不同的『**安井夫人**』是否有興趣，一個勁地出借自己喜愛的書籍，既天眞無邪又很遲鈍的人喔。」

「啊，對了，這一段中她要『**安井夫人**』舉出自己喜歡的小說後，又批評對方『**思想貧乏**』，還笑了對吧？明明有個段落提到，她看書也是爲了和喜歡的男人有話題聊。」

益子伸手指著書頁說，山賀困惑地垂下眉。

「咦，難道『**芹川**』其實是個討人厭的女人？」

「不是這樣。我的意思是，『**芹川**』也只是一個普通人，肯定有『**沒有人知道**』的一面吧。」

槇乃沉穩地搖頭，說完喝了口咖啡，又想起什麼似地低語：

「比方，說不定『**芹川**』並非百分之百崇拜『**安井夫人**』，而是站在對等的位置，抱持著近似於忌妒的情感之類的。」

橘色燈罩下，栖川的藍眸一亮，點點頭。看來，他認同這個說法。

「家世良好，受到周圍人們重視的女性。聰明、謙虛，但被問到喜歡哪種類型的書籍時，又能落落大方地回答『**我真的不喜歡滿是大道理的作品**』，個性率直的女性。不會爲了博取誰的好感而扭曲自身主張和喜好的女性。相較於一感到自己和自己的戀情遭到輕視就動怒的『**芹川**』，是更加成熟一些，能向對方坦承『**是我在羨慕妳也說不定呢！**』的女性。或許從『**芹川**』的眼中看來，『**安井夫人**』是這副模樣。」

槙乃指出的『**芹川**』這一面十分有說服力，讓她的形象頓時變得更立體。益子和山賀分別重讀書中那幾處敘述。

「不過，眞正的『**安井夫人**』卻是會因爲忌妒就說人壞話，因爲『**芹川**』先交到男朋友就疏遠她，並對『**芹川**』的醜聞感到興奮，最可笑的是虛假的戀愛情感，或說她愛上自身幻想那一段——她就是個有點滑稽又庸俗的人……」

山賀輕聲說著，一面把玩空了的咖啡杯，栖川見狀再次幫她倒滿。同時，槙乃闔上文庫本，遞還給我。

「沒錯。太宰治從相當中性的立場，深入挖掘了女性愚蠢的一面，對吧？我的猜想是，他能從這種角度描寫，多半是因爲他身爲男性，並不討厭女性的這一面——不，反倒是認爲十分可愛。」

槙乃愈講愈興奮，和久刻意清了清喉嚨。

「啊，抱歉，話題偏掉了。嗯，換句話說，我認爲，在這本書中的『**安井夫人**』和『**芹川**』，或許都羨慕著自已描繪出的對方的幻影。『**沒有人知道**』——甚至連當事者本人都不知道吧。」

益子和山賀互望一眼。

槙乃輪流看向臉的位置遠高於自己的兩個女孩，莞爾一笑。

「理麻小姐、亞壽美小姐，今天，妳們對彼此的幻想破滅了。原本『**沒有人知道**』的一面，變成了自己以外的另一個人也知曉的一面。有那麼一個人，妳能在她面前展現眞正的自己和內心深處的想法。妳們不覺得這是非常幸運的事情嗎？」

聽著槙乃熱烈的發言，山賀雙手交抱胸前，仰望天花板。過了一會，益子拄著臉頰開口問：

「亞壽美，可以請妳出賽嗎？不管怎樣，我還是想贏。」

「又不是我出賽就一定會贏……」

「但贏的機率肯定會提高。」

山賀吐出長長一口氣，轉回正面，然後輕輕點頭。

「那麼，我們就一起贏吧？」

聽著她輕鬆的語氣，益子一臉嫌棄地回答「好啦、好啦」。

益子和山賀，今後或許也將一直水火不容，但友誼肯定不是只有和樂融融這一種。

❀

喝完咖啡，益子和山賀準備回家。我要跟她們共乘計程車，也趕緊收拾東西。在槙乃、和久與栖川的目送下，我走到自動門口，又停下腳步。

「史彌，怎麼了？」

山賀放下與身上充滿少女氣息的洋裝不搭調的大型運動包包，回頭問道。我低頭說了聲「抱歉」。

「明天之前必須更新的書架陳列尚未完成，我還是不該先走。三分之一的計程車錢我會出，可以請妳們先回去嗎？」

「好啊。車錢你不用放在心上，我和亞壽美會平分，沒事。」

益子開口緩和氣氛，山賀比手勢阻止她，「唔……」地瞇起眼。

「你不能和我們一起回去的理由，真的只是因爲工作嗎？」

「抱歉。」

我再次低下頭，山賀的聲音從頭頂上響起。

「史彌，你果然不會受女生歡迎呢。」

「咦？」我抬起頭時，看見的已是山賀的背影。帶有運動員風采、又媲美模特兒的帥氣背影，挺拔又落落大方地遠去。

益子緊緊跟在一旁，積極說些什麼，山賀則望向天花板笑了。

我回過頭，只見和久與栖川已回到吧檯，槙乃一個人無事可做，佇立在原地。那雙大眼睛注視著我，彷彿光線刺眼般眨了眨。

「倉井，謝謝你。」

槙乃綻開柔軟的笑容，搖動的秀髮傳來好聞的香氣。我很開心。

「摺紙相關的書籍，妳想要排列成什麼感覺呢？」

我直直回望槙乃的雙眸。

第2章

書店之森

「下一站是東京站。」廣播後，坐在長條座椅上的乘客全都不約而同地扭轉上半身，看向窗外。大和北旅客鐵道的城京本線是一條從北向南貫穿關東平原的漫長鐵路，也有不少乘客會抱持小旅行的心態。對於從野原站出發，包含轉車要花上兩個半小時才抵達目的地的我來說，這段旅程有點特別——原本應該是這樣的。

「南店長，下一站要下車了喔。」

我用手指點了點身旁正全神貫注閱讀文庫本的槇乃肩膀。她倏地抬起頭，環顧四周，看向窗外的風景。

「已經到東京了？」

「是終於到東京了。從我們搭上這班電車，早就超過一個半小時了。」

「一個半小時！」

槇乃不停眨著纖長的睫毛，彷彿在說太難以置信了。

「這段時間，我一直在……？」

「看書，沒錯。」

我推了推眼鏡，指向那本包著「金曜堂」書套的文庫本。

十一月的第一個星期五，東京有一場大型書展。聽說每年都會舉辦，但這是平日業務繁忙的「金曜堂」第一次能夠派書店員工去參加。這全是臨時書店員工登錄制度儘管還在測試階段，至少已開始運作的緣故。想必此時野原站的車站書店「金曜堂」裡，老闆和久正幹勁十足地指揮著眾人。

「倉井，幸好有你在。要是我一個人來，大概會看書看得太專心就坐過站了。」

槙乃露出溫柔的微笑，伸手按住胸口。我注視著她，嘴上回答「很高興能派上用場」，內心卻很想哭。

「話說回來，爲什麼在電車上看書會看得這麼快呢？」

「妳剛剛看得很快嗎？」

「對，超快。」槙乃興奮地高高舉起手中的文庫本。

「我剛才在看池澤夏樹老師（註）的《弄丟車票之後》。我早就決定好，這本書一定要在去東京的電車上看。畢竟這個故事就是在講弄丟車票後出不了站的一群小朋友，偷偷躲在東京車站裡生活。所以啊——」

槙乃一副要無止境講下去的模樣，我只好委婉插話。

註：池澤夏樹（一九四五～），小說家、詩人，也從事翻譯、撰寫書評。

「啊，後面的情節我想自己看書。」

「倉井，你也要看嗎？」

「我會看。下次再來東京時，在電車上看。」

聽了我的回答，槙乃高興得唇角綻放笑意。看著她的表情，我忍不住說「妳眞的很喜歡書呢」。她因爲大受打擊沒辦法看書的那段日子彷彿只是一場夢。儘管我很慶幸槙乃恢復到原本的狀態，但今天心情不免有點複雜。

「順便告訴妳，這節車廂裡看書的乘客，南店長，只有妳一個人。」

「咦，是這樣嗎？其他人都在做什麼？」

「滑手機或睡覺。」

槙乃點點頭，回了聲「原來如此」，忽然從正面看著我。

「倉井，那你在做什麼？」

我不知道該怎麼回答。

——槙乃，我一直想和妳聊天。

可惜，我的心願沒能實現。今天早上在野原站互道早安，一坐上電車後，槙乃就翻開文庫本，包含轉車時等電車的全程兩個半小時裡，一直全神貫注地看書，那種無比專注的態度讓我根本不敢吵她。

和久直接下令「你跟南去一趟東京」時，以爲可以約會一整天開心得要飛上天的自己實在太可悲了。昨天夜裡一想到單程兩個半小時的途中要聊什麼就睡意全失的自己實在太空虛了。

電車駛進東京站的同時，我好不容易擠出一個答案。

「我……一直在看窗外。」

「啊，我知道了！你在看看板上的文字對吧？這也是搭電車的樂趣呢。」

槇乃莞爾一笑，我更想哭了。

通過驗票閘門，走到車站外。讓一群摩天大樓剪裁得凹凸錯落的藍天，高高在上方。

「東京果然比野原町溫暖。」

「現在又是白天。」

我和槇乃聊著這類不著邊際的話，將一大早在野原站月台上視如救命法寶的羽絨外套脫下來，再拿起手機搜尋前往會場的地圖。槇乃昂首挺胸，充滿信心地朝反方向邁出腳步，我慌忙叫住她。

步。

「南店長，妳要去哪裡？」

「書展會場啊。」

「可是那邊是相反的方向……」

「噢，這樣啊。」槙乃滿臉通紅，一百八十度轉回來，接著又同樣充滿信心地邁出腳步。

「欸，等等。南店長，我們先看一下地圖。」

「我看也看不懂，尤其是東京的地圖。」

我終於明白和久為什麼一直不願意放槙乃一個人出遠門了。還有，栖川為什麼會堅持拒絕同行。

我嘆了口氣，追上槙乃的背影。我一邊看導航應用程式一邊下指示，譬如「在那裡右轉」，「下一個紅綠燈不要過馬路，要走稍微前面一點的天橋」之類的。槙乃會聽話地向右轉、向左轉、加快腳步或停下來。看著那好似遙控機器人般超級可愛的舉動，我原本沮喪的心情也恢復正常，漸漸感到愉快。

我們一前一後走在樹葉尚未完全轉黃的銀杏樹林蔭道上時，槙乃驀地回頭說：

「倉井，真抱歉。在學園祭當天要你出遠門。」

槙乃垂下眉，似乎打從心底感到抱歉，於是我伸手在臉前揮動說「完全沒關係」。

「可是，排球同好會的亞壽美小姐和理麻小姐有邀請你吧？」

「嗯，是有啦。她們說如果有時間的話，請『金曜堂』的大家務必光臨。」

可能是我心理作用，感覺槙乃特別強調「亞壽美小姐」，所以我也不服輸地在「大家」這兩個字提高音量。

和我讀同一所大學的兩名高個子女生，表示「想在學園祭上推出書店咖啡廳」，來「金曜堂」實習是上個月底的事。她們借助包含我在內的全體員工力量，歷經迂迴曲折的過程，終於順利在今天的學園祭上推出書店咖啡廳。我自然是非常想去，但也不可能丟下工作不管。不，我怎麼可能眼睜睜錯過和槙乃約會——不，就算不是約會，兩人也能一整天單獨在一起工作的機會。

「學園祭還有明天和後天。」

「你說得眞乾脆……」

「咦？」

槙乃看向我的目光中不知爲何似乎帶著幾分不滿，眞是搞不懂。我講錯什麼話了嗎？我尷尬地伸手調整眼鏡，槙乃繼續向前邁出腳步。不帶情緒的聲音從她身後傳來：

「倉井，你告訴我。」

「是。」

「接下來要往哪裡轉？」

槙乃停下腳步、仰望高高天空的那道背影，個體存在感彷彿愈來愈淡、愈來愈透明。我連忙確認導航應用程式，回答「走到底左轉」。我絕對不會再讓槙乃迷路了。

❀

書展包下的會場十分寬廣，看起來可以輕鬆塞進一百家車站書店「金曜堂」。會場裡，配有書架的小型攤位排成一整列，架上除了最暢銷的一般書籍，還有各家出版社打算力推的多種類型的圖書。「金曜堂」地下書庫的規模也頗爲壯觀，但要講占地大小的話，完全不能和這個會場相提並論。人潮洶湧，走道卻十分狹窄，因此每個攤位前面都聚集了一堆人。今天只開放業界相關人士參加，人就多成這樣，一般民眾也可以入場的週末想必會擠到水洩不通吧。

槙乃踏進入口，一看見這種盛況，就捲起針織毛衣的袖子。毛衣上的老虎貼花勇猛地晃動。

「倉井！從最旁邊開始，每一個攤位都要看。」

「是、是。」

「如果看到適合放在『金曜堂』或地下書庫的書，你就跟我說。」

「我有能力選書嗎？」聽見我缺乏自信的回答，槙乃雙手緊握成拳，舉到胸前。

「沒問題的，倉井。就算你不知道要怎麼選，書也會自己找到你。」

這句話是什麼意思我不太懂，但槙乃是在用自己的方式鼓勵我吧。看著她期待與各種書本相遇，閃閃發亮的臉龐，我內心終於有了一些餘裕來體會這項任務的樂趣。

幾個小時後，我們筋疲力竭地逃出人與書的叢林。爲了避免撞到人或被人推擠，我們迅速離開走道，移動到沒有攤位的牆邊。

槙乃手中緊抓著一疊訂單、小筆記本和原子筆，小聲說「我肚子餓了」。一說出口，身體就撐不住了嗎？她有氣無力地蹲下。我瞄一眼手機，下午兩點多了。我們一直在各攤位找書，連午飯都沒有吃。我也餓到有點發昏，肚子開始咕咕叫了。

「找個地方吃午餐吧。」

「贊成，走吧。」

槇乃雖然附和我，卻絲毫沒有要起身的跡象。像是一直在等逃家的寵物小狗回來的小朋友，一臉無助地仰望著我。

「哪裡才有飯吃呢？這一帶我完全不熟。」

「唔，來隨便找一下吧。」

「隨便？」

我掏出手機，槇乃的臉頓時一亮。

「啊啊，搜尋！還有這一招啊。倉井，你好聰明。」

她稱讚了我就低頭回聲「謝謝」，但這與其說聰明，不如說是常識吧。書店的工作，槇乃實在做得太完美無缺，因此平常不容易注意到她其實驚人地缺乏常識，有些事會想不到。今天一遠離「金曜堂」，這一點就變得特別醒目。

終於站起身的槇乃正要和我一塊移動時，一道聲音叫住我。

「史彌？」

那沉穩的語氣很熟悉，轉頭看見對方是誰之前，我就先叫出名字了。

「二茅小姐？」

果然沒錯，走過來的人正是她。父親雖是日本名列前茅的大型書店「知海書房」的社長，過去卻經常親自鎮守店面，小時候每次我去找他，負責陪我玩的書店店員，也是現在神保町總店的店長，就是眼前這位女性——二茅小姐。

一身品味出眾的長褲套裝，搭上突顯知性氣質的眼鏡。她用手指輕推眼鏡，目光輪流掃過我和槙乃。

「史彌，你怎麼會來這裡？」

「打工。當『金曜堂』店長的隨從。」

我回話時手比向槙乃，槙乃隨即彎腰行禮。

「妳好，我是『金曜堂』的南槙乃。」

「妳好，我是『知海書房』神保町總店的店長。我姓二茅。」

二茅小姐稍勾起嘴角微微一笑，熟練地遞出名片。槙乃拘謹地雙手接過，一臉尷尬地表示「不好意思，我的名片發完了。真抱歉」，低頭致歉。

「沒關係。我老早就從史彌口中聽過南店長的事了……」

槙乃露出不可思議的表情，側頭問「老早？」我連忙解釋：

「我、我沒有說什麼奇怪的事喔。我帶『克尼特』麵包店的知晶小姐去參加講座那次，在講座會場『知海書房』總店跟二茅小姐碰面時，只稍微提了一下在『金曜堂』打工的事……」

槇乃應該是明白了二茅小姐、我和身爲「金曜堂」店長的自己爲什麼會有交集吧，臉上柔柔綻開充滿親和力的笑容。

「二茅小姐，妳也是來逛書展的嗎？」

「不，我來參加活動。」

二茅小姐回答的語速稍快，眼鏡後方的雙眼視線停留在槇乃手中的那些訂單。

「妳有買詩集呀。」

我悄悄從後方覷向訂單，發現有一本書的書名字詞排列相當有意思。一眼就看出那是詩集，眞不愧是二茅小姐。

「對，那本書看起來眞的很棒。」

「詩集在『金曜堂』賣得好嗎？」

面對二茅小姐的詢問，槇乃回應「完全不行」，爽朗搖頭。

「不過，我最近正在考慮試著推出詩集書展。『金曜堂』附近的野原高中學生人數多，我們有很多顧客都是高中生，我希望他們能認識一些沒收錄在課本中的詩——啊，不過這件事能不能實現，我還得先跟老闆商量。」

槇乃說完，有些不好意思地將訂單收進托特包裡，二茅小姐著迷似地凝視著她。槇乃留意到她的目光，疑惑地偏頭，二茅小姐才慌忙推了推眼鏡，小聲清喉嚨。

「我打斷你們工作了，眞抱歉。」

「不會，我們剛好逛完一圈，正要去休息。」

「你們還沒吃飯嗎？」二茅小姐主動關心，我趁機問她是否知道附近有哪些店好吃。

「這個會場外面有幾家，不過——眞正的好地方在會場裡。」

「會場裡？」

二茅小姐交互看向疑惑的我們，露出惡作劇般的笑容。

「對。我們家每年都會以某種形式參加這個書展，來會場的員工有九成都會在那裡吃飯。說起來一開始還是老闆發現的，那我就偷偷告訴繼承人史彌和南店長吧。」

二茅小姐毫不遲疑地稱「知海書房」是「我們家」，又稱我是「繼承人」，我不知道該作何表情才好。這時，槇乃叫了一聲「倉井」。

「什麼事？」

「在書展會場居然有固定光顧的店家，大書店果眞不一樣啊。」

槙乃的語氣像是打從心底感到敬佩。而我對於身為「大書店」的「繼承人」這件事，完全不做任何回應。

「那就麻煩妳了。」槙乃低頭請求後，二茅小姐俐落轉過身。

「知海書房」的員工們「固定光顧的那家店」，設在展場角落的輕食區。

彷彿看透了我的心思，二茅小姐熱情地強調：

「不要以貌取人。他們家的麵包和熱狗比那些廚藝不怎麼樣的餐廳還好吃。咖啡用的豆子也很好。」

「我吃、我吃。」

二茅小姐看著我們去熱狗的攤位前排隊後，說「我晚點要出席活動，先告辭了」，快步離去。

留在原地的我和槙乃品嘗著熱狗和咖啡。二茅小姐所言不假，擠滿番茄醬和黃芥末的熱狗彈牙、肉香四溢。麵包在口中化開，甜香擴散至鼻腔，吸附熱狗肉汁的濕潤口感滑過喉嚨。雖然只能站著吃，但每吃一口，就感到疲勞減輕了一分，讓人又活了過來。餓壞了的我三兩下就吃個精光，再去買一份。

槇乃吃完第一份熱狗時，我差不多正好吃完第二份熱狗。品嘗著苦澀得恰到好處的咖啡，我翻開書展手冊。我很好奇二茅小姐要出席的是什麼活動。

「她好像是要參加座談會。」

原來槇乃也感到好奇。她指向大會場的時間表。在〈實體書店生意的未來〉爲主題的那場座談會與談人中，的確列出了「二茅和香子」這個名字。其他的與談人淨是些作家協會理事長、出版社董事或經銷商的部長等企業組織核心人物，寫在二茅小姐名字旁的「知海書房總店店長」這項職稱顯得有幾分突兀。

我看手冊看得入迷，一旁的槇乃確認一下時間，問道：

「正好要開始了。要去嗎？」

「咦，可以嗎？」

「了解一下產業狀況也是重要的工作。」

語畢，槇乃露出微笑，又若無其事地補上一句。

「也是了解『知海書房』的好機會。」

槇乃指的是對她來說的「好機會」？還是對我來說的「好機會」呢？我沒有動力去確認，僅是輕輕點頭回應。

我和槙乃離開熱狗攤位所在的展區，移動到隔壁的大會場。大會場中設有舞台和聽眾座位，書展期間都用來舉辦作家演講、朗讀劇或座談會等活動。

大概也因爲是免費的活動，看起來可以容納一千人左右的座位已坐滿七成。槙乃向我招手，我跟著在前排座位坐下。我望著舞台上，從長桌垂下來的、寫著二茅小姐姓名的紙張。

「原來她叫和香子。」

聽見我下意識脫口而出的話，槙乃那雙大眼睛睜得更圓了，轉過頭問：

「你現在才知道嗎？」

「對。『知海書房』的店員名牌上只有寫姓氏。」

「原來如此。」槙乃點頭，嫣然一笑。

「溫和的香氣，和香子。是個很棒的名字呢。」

「眞的。」

我倒認爲能夠這樣形容他人名字的槙乃更棒。我的目光不小心太過熱切，槙乃像是有些不自在地閃避，抬頭望向舞台上方，垂吊的白板上寫的主題。

「〈實體書店生意的未來〉……倉井，我記得你是讀經濟學院的，對吧？」

我點點頭，等著槇乃後面的話，只見槇乃啪地一聲彈指。

「思考這種事情，不會對大學課業有幫助嗎？」

「啊，不，不會有什麼直接的幫助。」

「這樣嗎……但再過不到一年半，倉井，你也要站上實體書店生意的戰場了，一定會有值得參考之處。」

槇乃平穩道出的現實，令我啞口無言，全身的氣力彷彿從腳底逐漸向地面流失。見我有氣無力地靠在椅背上，槇乃的微笑中略帶困惑。我覺得自己真沒用，每次提起這件事，我就是沒辦法拿出一個篤定的態度。我很清楚未來終將到來，但只要一談起自己該去哪裡就業這種明確的未來，我就彷彿墜入五里霧中。

我空虛的視線前方，西裝打扮的幾個人魚貫走上舞台。每張臉上都洋溢著親手開創了未來的自信。二茅小姐也在其中。她平常給我的印象是「書店大姊姊」，沒想到混在那群男性中卻意外協調，恰到好處地流露出真實年齡坐四望五的人生厚度。最令人欣賞的是，無一分贅肉的身材搭上長褲套裝，站姿十分優美。

幾位與談人神態沉著地各自入座後，擔任主持人的出版業界產業報總編輯先拿起麥克風，向我們這些聽眾問好，再簡潔介紹幾位與談人的經歷。

「今天要請分處業界不同位置的多位專家分享他們的見解，邀請包含現場聽眾在內的所有人一起來思考實體書店的未來。」

幾位與談人發言後，主持人話鋒一轉，詢問二茅小姐：「從現役書店員工的身分來看，實體書店的優勢是什麼呢？」二茅小姐儀態優雅地站起，檢查了一下別在胸前的領夾式麥克風，面向聽眾開口：

「謝謝主持人方才的介紹，我姓二茅。原本這場座談會應該是由敝社社長倉井綜太郎參加，但他突然身體不適，便由我代為出席。」

說出「突然身體不適」時，二茅小姐的神情略顯苦澀。不過現場會注意到的人，多半只有知道父親身體不適並非事出「突然」的我吧。

二茅小姐繼續流暢地陳述意見：

「我認爲實體書店的優勢在於，對話與發現。曾在某個地方瞥見的書，聽過風評的書，記得以前很喜歡但現在手邊沒有、也記不清楚的書，當顧客想要尋找這樣的書時，當然上網搜尋也是一種方法，但至今仍有許多顧客會直接來實體書店詢問店員。這麼一來，顧客和書店店員之間就會自然產生對話。在找到那本書的過程中，書店店員提出的書名，或是擺在書架及平台上的書本中，常出現另一本引起顧客興趣的書。身爲書店店員，我們的目標是協助顧客發現自己想要閱讀的書。」

其他與談人問及人事費用的問題，二茅小姐氣定神閒地繼續說：

「敝社社長倉井的信念是『書店這門生意，就是販售顧客想看的書』，這一點我全面認同。身爲現任店長，我還希望在『想看的書』這個範圍中，進一步加上花心思『激發顧客想看的意願』的部分。從遵循這條信念的服務所衍生出來的一切，才是我心中認定的『生意』。」

二茅小姐表達完意見，坐回座位後，會場各處響起掌聲。我身旁的「金曜堂」店長槙乃也在鼓掌。

「倉井，我也全面認同你爸爸的信念。」

「謝謝。」

「『知海書房』一定是家好書店。」

「希望如此。」

在我們低聲交談的期間，下一位與談人站起身。是一位名叫帆足信之的男性，頭銜是知名大出版社「蘆生社」的董事。他是我父親的大學同學，兩人有超出工作的私人交情。

我不止一次聽父親親暱地提到「阿帆」這個綽號。

帆足社長緩緩環顧各位與談人的神情，才沉穩開口。這是早已習慣面對群眾、給予訓示的人特有的說話方式。

「我站在出版社的立場，請書店銷售自家的產品——書本，總是時刻抱持著『一起努力』的想法。本次座談會的主題雖是關於〈實體書店生意的未來〉，但我認爲，這個議題應該要當成是思考出版、書店業界整體的未來。」

帆足社長透過快節奏又富有內涵的發言，針對該如何重振書店，提出實際又積極的具體方案。那些內容吸引了在場所有人的注意力。想必他平常就時時在思考這些事，並已在各種場合分享過吧。他的神態沒有一絲多餘的緊繃。

受到神色自若的帆足社長影響，原本拘謹的其他與談人也都逐漸放鬆。後來的討論內容多了幾分柔軟及獨特性。不久後，每位與談人都發言完畢，告一段落的氣氛瀰漫會場，擔任主持人的總編輯以聽眾容易理解的方式，統整了整場提出的各種想法和意見。

「現場的各位如果有什麼問題或意見，非常歡迎發言。」

他一如此呼籲，聽眾席便陷入尷尬的沉默。我頓時感到不太自在，坐立不安地不斷調整坐姿。

這時，我身旁忽然揚起一陣風。轉頭一看，槙乃幾乎要站起來，高高舉起手。那張側臉十分沉著，大眼睛閃閃發亮。

我們坐在相當前面，擔任主持人的總編輯應該一眼就會看見，他立刻說「那麼，先請那位女士發言」，貌似工作人員的年輕人手握麥克風跑過來，恭謹地跪在地上遞出麥克風。槙乃伸手撥了下垂在肩上的頭髮，有些靦腆地湊近麥克風。

「我是一家小型車站書店的店長，對於剛才『知海書房』的二茅小姐分享的書店和書店店員應有的心態，我深有同感。我認爲，如果希望今後書店也一直是顧客不可或缺的存在，在地小書店和大型書店應該攜手合作。」

接收到槙乃充滿期待的目光，舞台上的二茅小姐按著鏡框，神情略顯爲難。

「妳說的沒錯。只是從現實面來看，大型書店要救濟獨立書店，在執行方式上還有很多難——」

「啊，那麼，如果是相反的模式呢？」

「相反？」

「對。會不會有些情況是，大型書店受到在地小書店良好的刺激、獲得協助呢？」

沉默降臨會場，這時，槙乃長長呼出一口氣的聲音透過麥克風傳進耳裡。我側眼看向她，只見她手按在胸前，垂著頭。想必她非常緊張。

舞台上的二茅小姐看著這副模樣的槇乃，推了推眼鏡，應道：

「受到在地小書店良好刺激的情況——是啊，配合當地的特質打造獨樹一格的書展，費時費力製作熱情推薦書本或作家的ＰＯＰ文宣等，都相當值得我們借鏡，實際上也會運用在店裡。」

二茅小姐的聲音聽起來缺乏自信，有些不確定。或許是對於自身發言流於安全的標準答案而感到難為情。

至於發問者槇乃則是神情極為認真地回應「很值得參考，謝謝」，並低頭致意。接下來，與談人一一答覆其他聽眾提出的意見及疑問，最後主持人握著麥克風向聽眾道謝，宣布座談會結束。

相對於聽眾座位的數量，大廳後方設置的出入口實在太少，因此座談會結束後，要離開會場的群眾擠得水洩不通。被人潮聚集的氣勢震攝，我和槇乃錯過了加入排隊人龍的時機，正互相安慰「我們最後再出去就好了」時，「史彌……」後方有人低聲叫住我。回頭一看，舞台那一側牆面上設置的小門開著，二茅小姐探出頭。

我和楨乃往人潮反方向的舞台前進，走近二茅小姐。

「二茅小姐，辛苦了。」

「不會啦。我實在很不好意思。」

二茅小姐一臉難爲情地推了推眼鏡，忽然筆直望向楨乃。

「剛才……」

「咦？」

「南店長，妳剛才的問題。」她說到一半又打住，拉高西裝外套的袖口，瞄了眼銀色手表，接著輪流看向我們。

「你們待會有什麼計畫？」

「沒有。這一趟的任務都完成了。」

楨乃早我一步回答，二茅小姐彷彿光線太亮似地眨著眼，用力點頭。

「太好了。方便借用一些時間嗎？我有事情想聊一下。」

「聊事情？跟我們兩個嗎？」

聽見我的疑問，二茅小姐將目光移向我們身後的遠處，明確地輕聲表示「對，跟你們兩個」。

「我明白了。我們在哪裡等妳比較好？」

槙乃微笑著側頭問道。二茅小姐說了一家位在書展會場外頭的咖啡廳店名。

陽光被雲層遮蔽，秋風吹拂，就算身處較北關東地區溫暖的東京，也不禁有點想縮起脖子。我縮著身子，將先前塞進背包的羽絨外套拿出來穿上，才開始找二茅小姐口中那家名叫「Maps」的咖啡廳。

槙乃找到的看板顯示，那家咖啡廳位在住商混合大樓的地下樓層。那棟住商混合大樓進駐的幾乎都是些低俗的特種營業店家。

「這裡……」我看得目瞪口呆，身旁的槙乃莞爾一笑。

「位在地下室的店，讓人好興奮啊。」

槙乃毫不遲疑地走下樓梯，我慌忙跟上。

我們在厚重的銀色門前站定，豎耳傾聽。說不定有做隔音，完全聽不見店裡的聲音。

槙乃一派輕鬆地就要進去，我制止她，伸手握住門把，做好心理準備，在內心喊了聲

「好」才推開門。咖啡香氣撲鼻而來。

我們走進店裡。店裡沒有窗戶，又只有最低限度的間接照明，空間十分昏暗。在一片黑暗中，微微亮起的整片白色天花板作爲螢幕，投影出各時代的東京地圖。Maps。原來如此，我終於了解店名的涵義。轉頭看向店內，最深處有一座看起來像是吧檯的平台，陳列著一排排時髦的洋酒瓶。

「這裡好像酒吧。」

我壓低音量說，槙乃神色略顯緊張地點點頭。

「歡迎光臨。」

吧檯裡主動搭話的是，與身上那件背心十分相配、站姿挺拔的酒保。從下巴的鬍子和那一頭茶色頭髮看起來，他的年齡大概快步入中年了，卻令我不由自主地想起栖川。

「請問，喝咖啡也可以嗎？」

「當然。我們的咖啡、紅茶、輕食和甜點菜單都很豐富。只有晚上的酒吧時段才會提供酒精飲料。」

面對槙乃的問題，那名男性酒保答得很流暢，想必至今已被問過無數次同樣的問題了。他建議我們坐吧檯，但我們表示晚點還會有一個人過來，他便帶我們到吧檯旁邊的半開放式包廂座位。

我再一次脫掉羽絨外套，在面牆的位置坐下，由對面座位上的槇乃負責留意門口動靜。

方才那名酒保腋下夾著菜單，端著擺上水和濕毛巾的托盤走過來。他遞來的那本菜單非常厚，證明了他說的「咖啡、紅茶、輕食和甜點菜單都很豐富」那句話並不誇張。

翻看附上照片的菜單時，我的肚子發出叫聲。

「我想好好吃一頓，可以嗎？」

「請便。肚子餓了吧？我也要來吃正餐。」

槇乃微笑著點頭。

我點了拿坡里義大利麵，槇乃選了生春捲。等待的期間，槇乃大大呼出一口氣，整個上半身都靠到椅背上，視線順勢投向吧檯裡的酒保。

「總覺得……讓人忍不住產生聯想耶。」

「聯想到栖川嗎？」

我望著同一方向問道，槇乃點點頭。在我們的視線彼端，那名酒保正將咖啡注入杯中。他倒咖啡時背脊挺得筆直，那姿態和栖川十分相似。

「啊～啊，不曉得栖川和阿靖現在怎麼樣了？登記制的書店員工有沒有遇到困難？『金曜堂』有沒有順利運作呢？」

槙乃脫口說出這些話。

「妳擔心嗎？」

「當然，畢竟我是店長。」

「妳看起來非常想回『金曜堂』。」

「是嗎？」

我點頭回「是的」。儘管有些遲疑，我還是老實說出自己的感想：

「自從我們到東京……南店長，妳就有種不自在的感覺。」

是因爲和我單獨相處嗎？這句話我實在問不出口，但垂下的雙肩洩漏了眞實的心情。

槙乃注視著我，手指緩緩敲著桌面，貌似在思索。驀地，她停下手，用此刻才想明白的語氣說：

「我並沒有感到不自在，跟平常差不多，而且倉井你也很可靠。只是，我覺得野原町以外的地方有點恐怖。」

「恐怖？」

槙乃望向我，難爲情地聳肩。

「很奇怪，對不對？不過眞的是這樣。在野原町時，那個小鎭的空氣會包覆我的四周、護著我，所以我不會害怕。但只要踏出野原町一步，我就靜不下心來，一直提心吊膽。我已盡量注意言行舉止避免被你發現，果然還是露出馬腳了。」

說完這段話，槙乃一口氣喝光玻璃杯中的開水，大大吐出一口氣。那雙大眼睛望向我，喃喃低語：

「我好像有些地方沒有完全長大。」

八年前，戀人迅過世的一連串事情原來傷她這麼深。我大受打擊，咬住下唇，而後緩緩擠出話語：

「請別道歉。南店長，妳現在這樣就足夠……」

「足夠？」

她就像在球網邊迅速擊回網球般立即反問，我猛地將接下來的話吞回去。

——足夠迷人了。

我沒辦法正視桌子對面的槙乃，這次輪到我把玻璃杯中的開水一飲而盡。

「呃，迷、迷……」

「讓兩位久等了。」

我拚命要將原本吞回去的話挖出來那一刻，酒保沒發出一絲聲響地從背後現身。他手腳俐落地將我的拿坡里義大利麵和槙乃的生春捲端上桌，又將餐具一一整齊排放好，便颯爽離去。

「看起來好好吃。」

生春捲內包有鮮蝦、鮭魚、酪梨和紅捲萵苣，顯得色彩繽紛。槙乃沾上越南酸甜辣醬，大口咬下。

我應了聲「是啊」，伸手拿起叉子，明白自己已完全錯失講完剛才那句話的機會。

我鬆了一口氣，又感到有些遺憾，只好把這份複雜的心情連同起司粉一起撒到拿坡里義大利麵上，狼吞虎嚥吃得一乾二淨。

我們吃到盤底朝天，考慮要點熱飲時，二茅小姐來了。槙乃瞥向打開的店門，臉龐頓時一亮，我一看就明白了。我轉頭時，二茅小姐已走過來，正要拉開我旁邊的椅子。

「不好意思，讓你們久等了。」

二茅小姐俐落脫下風衣的動作掀起了一陣風。風衣內飽含的外頭冷空氣氣息在我的鼻尖擴散開來。

「沒關係，妳要不要吃點什麼？」

槙乃正要遞出菜單，二茅小姐伸手制止，簡短說「我喝熱咖啡就好」。槙乃的表情就像偷吃被逮個正著的小朋友，垂頭喪氣地收回菜單，在自己面前打開，只露出一雙眼睛，隔著菜單瞄了我一眼。

「倉井，你決定了嗎？」

「我要……熱可可。」

「那麼，我要花草茶。」

槙乃說完，就請待在吧檯裡的酒保過來，流暢點好所有人的飲料。那副游刃有餘的神態，完全看不出是剛才坦承自己「沒有完全長大」的那個人。

等待飲料上桌的空檔，我們討論起座談會及書展的感想，並分享彼此店裡最近的暢銷書資訊。

等大家點的飲料都到齊，各自喝下一口後，二茅小姐才開口：

「南店長，剛才座談會上妳問的那個問題，我無論如何都想好好回答。」

「『會不會有些情況是，大型書店受到在地小書店良好的刺激、獲得協助』，妳是說這個嗎？」

「對。剛才在舞台上，我來不及把想法梳理好。」

二茅小姐稍稍停頓，端起咖啡杯又啜了一口。

「接下來這些話，我不是以『知海書房』店長的身分說的，而是二茅和香子個人的答案。」

「我明白了。」

槇乃誠摯地點頭，二茅小姐目不轉睛地注視著她，慎重開口：

「我老家以前是開書店的，是在大塚站商店街裡的小書店。」

「已經是『以前』了嗎？」

槇乃一問，二茅小姐沉默點頭，望著似乎是德國麥森瓷器的咖啡杯。接著，簡直像是在念出杯子上寫的文章般，述說起往事：

「那家書店早在二十五年前就收了。逐漸跟不上時代洪流，以及社會各方面的變化——只有我爺爺和我爸爸兩代，就結束了。」

我都不知道。我凝望著二茅小姐眼鏡後方的瞳眸。那雙眼睛今天一樣散發出知性的光芒，彷彿不管眼前發生任何事都能冷靜應對，同時也在等著一句話。

我思索著那句話是什麼時，槙乃微笑應道：

「說到豐島區的書店，就會想到村上春樹（註）的《挪威的森林》。」

那一瞬間，我在二茅小姐眼中看到前所未有的動搖。不過那神色只匆匆閃現，二茅小姐好似主動剪斷一條繃緊的弦般點頭，靜靜地說：

「『綠』。」

「『Peace』。」

槙乃立刻接了下去。兩人宛如在以暗號對話，我勉強聽懂了。因爲《挪威的森林》是我一放暑假就最先看的書。「綠」是小說中出現的女性名字，「Peace」應該是她的口頭禪吧。話說回來，印象中她老家就是在經營書店？

我拚命回想不久前才看過的書中內容，槙乃看見我的神情，莞爾一笑。

「倉井看的第一部村上作品，就是《挪威的森林》吧？」

「對。目前我也只看過這部作品。」

我的想法是，一定要讀一下那些對書店的營業額大有貢獻，必須心懷感激的作家的作品。從眾多出版的作品中，挑選大幅度提升作者知名度的書，就挑到了這部作品。「金曜堂」店裡的書架上也常擺有這部作品。

「這樣啊。史彌，你看過《挪威的森林》……」

二茅小姐咬住下唇，彷彿在遏止情感氾濫，她用另一手的手指輕輕劃過拿著咖啡杯的那一手。

「這樣一來，你應該就容易想像了。沒錯，我老家的『江戶川書店』，就是和『**綠**』老家的『**小林書店**』極爲相似的書店。位在商店街裡，相較於小說，實用書、雜誌和漫畫更爲暢銷，除了書籍之外，也販售文具的那種書店。不同之處，或許只有時代？『**綠**』所生活的一九七〇年前後，在地小書店只要待在原地等附近居民過來買東西就能生存，但在我上高中的一九八〇年代後半，營業額緩慢卻明顯地一路下滑。」

是感受到槙乃和我的目光嗎？二茅小姐驀地抬起臉，搖了搖頭。

「抱歉。我被《挪威的森林》帶偏話題了，有點繞了遠路，但也是抄了近路。我重回正題。唔，沒錯，我要先回答南店長的問題。『江戶川書店』就曾幫助全國規模的大型連鎖書店。」

「是怎樣的幫助呢？」

註：村上春樹（一九四九〜），小說家、翻譯家。

槙乃將頭髮勾到耳後。二茅小姐稍微收下巴，推高眼鏡，淡淡微笑回答：

「就是《挪威的森林》。」

看見我們兩個的表情，二茅小姐的笑意更深了。

「眞沒想到居然會被南店長搶先講出書名——長年在書店工作，我看過很多顧客因這種偶然而邂逅某一本書。我經常感受到，一切的偶然皆是必然。我今天會遇見兩位，或許也算是爲了說出這件事的必然。內容有點長，還請聽我說。」

坐在我對面的槙乃隨即傾身向前。我知道她會跟幫顧客尋找想看的書時一樣，認眞聆聽二茅小姐的話。

我也調整眼鏡的位置，注視著眼前這位自己從小一直理所當然地將對方當成「『知海書房』的大姊姊」的女性側臉。

❀

那是在多年前——連手機、電腦，以及書店在結帳時能一手包辦營業額等數字管理、信用卡結帳處理的ＰＯＳ收銀系統也尚未普及的時代。

徊。

當時就讀高中三年級的我幫忙送貨回來後，發現有個穿西裝的年輕男子在店門前徘

「請問你有什麼事嗎？」

「妳是這家書店的人嗎？今天該不會休息吧？」

對方一連拋出好幾個問題，我升起幾分戒心。因爲不久之前，我們家書店所在的商店街出現一群人，軟硬兼施地脅迫各店家搬離現址。不過看一眼他遞過來的名片，就知道他不是號稱「地產投顧公司」那群人的同夥。反倒是我們的夥伴，同行。在大書店工作的人。

我點頭回答「今天有開」，他露出潔白的牙齒開心地笑了。

「太好了。要是休息，我就得再跑一趟了。」

「我父親應該在，可能是在裡面休息，你直接進去就好。」

他跟在我後頭，一走進店裡，就立刻對書架展開地毯式搜索，眼神無比認眞。

「你是要找哪本書嗎？」

「對，我要找《挪威的森林》……」

「那麼……」我看向擺在店內平台上分爲紅色和綠色封面的上下集，他卻搖頭。

「放在這裡的書是四刷，我一定要初版才行。」

一九八七年秋季，村上春樹首度出版的寫實主義小說，以戀愛小說打響名聲，獲得爆炸性暢銷。當時不分男女老少，連那些平常根本不看書、一步都不踏進書店的人，只要聽見「挪威的森林」這個詞，也會在想到披頭四的歌之前，腦海就先浮現封面分別是紅和綠的兩本書才對。

他爲了找初版書來我們書店，是一九八八年的初夏，當時這部作品仍十分暢銷，連在地小書店「江戶川書店」也特別空出一塊地方平放陳列。

「你去二手書店找過嗎？」

「沒有。二手書不行，我一定要新書。」

「可是……現在還會有店家留有初版的新書嗎？」

我拋出疑問後，他回一句「不太可能齁」，第一次出現了彷彿朋友對話般的語氣。

「我們家的分店，我當然都找過了，東京都中心的書店我也幾乎跑過一輪，但還是沒有找到。」

他坦白告訴我，是一家大客戶的負責人很想要《挪威的森林》的初版書。

「我從進公司以來，就做盡各種違逆公司方針的事，上級告誡我這是最後一次機會了。要是不能和這家企業順利談成生意，新企畫就會化為泡影，所以我沒辦法放棄。我不想放棄。」

語畢，他規規矩矩地彎腰一鞠躬，向我道謝。他說，謝謝妳幫我一起找，打擾了。

聽他的談吐，再看他鞠躬的姿態，我確信他是品格端正的人。那飽含熱情的發言也流露出真誠大器的氣質，令人十分有好感，我不禁萌生「該麼做才能幫上這個人呢」的想法，就在這時——

「讓你久等了。」一道聲音傳來，我們轉過頭，只見父親從裡頭的主屋抱著兩本書走出來。是包著與封面相同顏色書腰的單行本。

「那該不會是……？」

「我聽到你們的對話。我敢向老天發誓這絕對是真品，初版的新書。」

「你為什麼會有？」我詫異地詢問，父親回答：

「因為我們開的是書店。」

特別偏好初版書的客人還不少，父親如果認為一本書「很不得了」，在上市後就會特地拿一本到裡面的書架珍藏。這是連身為女兒的我也不知道的，父親的堅持。

「不過，這種書三年也不曉得有沒有一本就是了。」

語畢，父親不好意思地笑起來，朝那名年輕男子遞出書。

「能幫上顧客的忙，就是我最大的快樂。謝謝惠顧。」

對方說「我才要感謝您」，打算付高於定價的費用，但父親堅決不收。

「開書店做生意，只能收取書上印的價格。不可以隨便哄抬價錢。」

最後，他以定價買下初版的新書，我送他出門時，他問我：

「妳會繼承這家書店嗎？」

當年的我還沒考慮過將來，搖頭回答「我不知道」。

「這樣啊。如果可以，眞希望『江戶川書店』和令尊作爲一位書店店員的堅持，能由妳來繼承下去。」

我並不明白這句話的重量，只是順勢點頭。他說「那就有緣再會」，揮揮手便離開了。

❀

二茅小姐停下來，喝了口多半已涼掉的咖啡潤喉，鏡片背後的雙眸沉靜地注視著我們。

「我不曉得那一天父親賣出的《挪威的森林》初版書發揮了多大的作用，不過對方的生意應該是順利談成了。邁入九〇年代後，他工作的那家書店業績大幅成長，他本人也順利出人頭地。雖然是家族企業，但他是在獲得員工們眞心認可的情況下當上社長的。儘管極爲特殊，但這確實是在地小書店協助大型書店的一個案例。」

我陷入沉默，槇乃靜靜開口：

「和香子小姐，如今妳是在『知海書房』傳承令尊堅持的信念，對吧？」

「但願如此。」

「這件事，他——倉井社長知道嗎？」

宛如吐出懸在心中的一口氣，二茅小姐笑了。

「大概不知道吧。他當然不會把只在近三十年前見過一面的高中女生，和公司職員二茅和香子聯想在一起。」

「二茅小姐，妳爲什麼選擇進入『知海書房』工作呢？爸爸當上社長後，在九〇年代推動轉型，促使『知海書房』成爲大型書店，並在全國各地設置連鎖分店。『江戶川書店』附近的池袋分店也是其中一家，因爲這樣才……」

我的聲音無法克制地顫抖。二茅小姐溫柔地注視著我，與過去絲毫沒有改變。面對當時年紀尚幼、一心想見父親就跑到書店的我，她總是用相同的目光望著我。這時我才忽然領悟，也許這個問題的答案就藏在那裡。不管是過去或現在我都無法看清的答案，說不定就靜靜藏在二茅小姐眼鏡的後方吧。

半晌後，二茅小姐將目光從我的臉上別開，抬頭望向天花板上投影出的東京地圖。

「我一開始就說過了，我父親之所以會把『江戶川書店』收起來，是出於好幾項理由。原因不僅僅是『知海書房』的池袋分店開幕而已。後來，這也是碰巧，我在自己家的書店關門大吉後讀了《挪威的森林》，結果就喜歡上了，現在偶爾也會拿起來重讀。」

剛才二茅小姐說的「偶然就是必然」那句話，在我腦中不斷盤旋。二茅小姐維持仰望天花板的姿勢，背誦出書中的一段話。

「『事情即使放著不管也自然會往該流的方向流，不管怎麼費盡心力，人會受傷的時候，就是會受傷。人生就是這麼一回事。』

《挪威的森林》中的這段文字，我認爲世事眞的就是如此。不管是人也好，書店也好，都一樣。」

「不管是人也好，書店也好……」

我複述二茅小姐的話，槙乃在對面靜靜點頭，接著對二茅小姐輕聲說：

「和香子小姐，妳跟『綠』有一點像呢。」

「有嗎？我可不是那種明明討厭死學校卻硬要拚全勤的人。我沒那麼強悍，也沒有堅決到為了買煎蛋捲鍋就能忍耐著不換新內衣。」

二茅小姐將頭轉回來，臉上浮現虛弱的苦笑。書中由「綠」本人親口說出有關學校和煎蛋捲鍋的這兩段小故事，於我而言也是鮮明呈現出角色形象的段落，所以我記得。

「嗯。二茅小姐也不會說『綠』那種在踩線邊緣的發言。不過，我覺得兩人真的有點相似。」

槙乃直視我的眼睛。那雙彷彿能看透他人內心深處的清澈瞳眸中，映出我和二茅小姐。

「倉井，你今天不用去醫院看令尊嗎？」

「咦？」

旁邊的二茅小姐渾身一震。那細微的震動，讓我明白了二茅小姐的心情。

其實，我今天原本沒有打算去探病。一週前才剛去過，下週也計畫要去，再加上今天一整天我都想花在槙乃身上。不過一聽見槙乃說出這句話，滿心期待今天要和槙乃約會的早晨，那份期待漸漸轉爲失落的白天，還有轉換心情決定努力工作的下午，全都變得十分遙遠。我感覺今天所有的一切，都是爲了這個瞬間而存在。

「我打算待會要去一趟。」

我一字一句清楚地說，然後轉頭看向二茅小姐。

「如果方便的話，二茅小姐，妳要不要一起去？」

二茅小姐爲了遏止指尖細微的顫動，雙手交握。鏡片後的雙眼緩緩看向下方。她不是在考慮。她應該不會迷惘。長年待在我父親身邊工作，深思熟慮後把自己對他的種種情感埋藏在心底，這位聰慧的女性只是在等待那些情感轉化爲勇氣吧。

過了一會，二茅小姐抬起視線。那雙瞳眸中閃耀著篤定的光輝，望向我的眼神依舊溫柔。

「謝謝。那就讓我同行吧。」

她還沒說完，槙乃就比誰都先一步站了起來。

✿

前往地下鐵車站的途中，二茅小姐忽然想起探病應該要準備伴手禮。就算我表示不需要，她仍堅持「不可以這樣」。這時，槇乃伸手指向車站旁邊的一家書店。

「送書如何？」

我和二茅小姐不禁互望一眼。因爲出乎意料地，那裡是父親病倒前沒多久才剛步上軌道的「知海書房」鄰近車站分店計畫的一家示範店。在日本全國主要城市設點的「知海書房」作爲複合式大型書店，一向以空間寬闊及品項豐富自豪，另一方面，設置在衛星城市車站旁邊的鄰近車站分店，比起書本數量多寡，更講究店內裝潢，也會放權給各分店店長自行選書。店名則改成更爲平易近人的「chika BOOKS」，所以槇乃似乎沒發現那是「知海書房」體系下的書店。

二茅小姐的神情一變，流露出無助少女的神態。

「我覺得是個好主意，社長眞的很愛書。只是……我沒辦法選。」

「爲什麼？」

我側頭發問，二茅小姐雙頰脹紅，回答：

「要是爲社長挑書，我怕自己現在的處境和心情全都會反映在上面——這太難爲情了。」

說完，二茅小姐低下頭。槙乃微笑著拍胸脯。

「那就交給我。」

「咦，由南店長來挑嗎？」

「對。倉井，你跟和香子小姐在那邊等我一下。」

槙乃揮動白皙的手掌，一個人踏進書店，沒多久就回來了。相隔時間實在太短，我忍不住又問：

「妳選好書了？」

「對。好，我們趕緊過去吧。會客時間有限制。」

槙乃散發身爲嚮導的氣勢站到我們前方，正要邁出腳步時，又忽然停下。

「是這個方向嗎？」

她回過頭，那張臉顯得無比純眞又無助。

抵達醫院後，我們走進電梯，一按下父親病房所在的最高樓層按鈕，這次換成槙乃忽然不安起來。

「連我都跟著一起進去好嗎？」

結果，此刻沉著到挑選伴手禮那時恍若一場夢的二茅小姐，強烈表示「請妳務必一起來」。

電梯是最新機型，平常總是一轉眼就升到最高層十樓了。今天經過每一層時，數字燈號亮了又暗，依序前往十樓的速度感覺特別緩慢，令人不免有幾分焦急。

我們踏上流瀉著輕柔背景音樂的走廊。途中，我請二茅小姐和槙乃稍等，先一步走向父親的病房。

幸好父親的第三任妻子沙織小姐和三歲的雙胞胎——我同父異母的妹妹們，並不在病房內，父親說她們已回位於廣尾的家。

父親看起來精神還不錯。與因爲化療副作用每次見面都瘦一圈的那陣子相比，凹陷的雙頰最近稍微長肉了，眼眸中愈來愈有光彩，原本發黃的臉龐也紅潤許多。最重要的是，他正在床上看書，這就證明他的體力和力氣逐漸恢復了吧。

「史彌，你來看我啊。」

父親注意到我，闔上文庫本。那本書沒有包上書套，可以看見一名男子面對著像工廠輸送帶般無機質的迴轉壽司的照片，以及《世界音癡》這個書名，是令人印象深刻的封面。

「那本書看起來很有趣。」

「很有趣，是和歌創作者的散文集。」

我點頭回一句「下次我也來讀讀看」，接著告訴父親今天來東京的理由，以及這一趟

我並非獨自前來。一提及二茅小姐的名字，父親便瞇起眼睛，轉頭望向插在花瓶中的非洲

菊。我從沙織小姐口中得知，他不願意讓人看見自己生病的模樣，一直堅持拒絕工作上有

往來的人來探病。他的心情我十分理解，只是……在我開口之前，父親就回過頭來。

「聽說今年書展，是二茅小姐代表我們公司參加座談會？」

「對。我今天有去聽，她的表現非常出色。」

「我想也是，想像得出來。」

父親抬頭望向潔白的天花板，頻頻點頭。我戰戰兢兢地開口：

「我之前也提過吧？二茅小姐一直想來探望爸爸。今天正是好機會，你的身體狀況看

起來也不錯，我可以帶她進來嗎？還有，平常很照顧我的南店長也一起——」

「好啊。」

「咦？」

父親乾脆地答應，讓開口請求的我也不免大吃一驚。

父親將雙手插進許久沒上髮油的頭髮，隨意向上一撥。

「現下才想在二茅小姐面前裝出體面的模樣也沒意義。而且我一直很想見見『金曜堂』的店長。」

「謝謝，那我去叫她們。」

我剛要拉開病房的門，又突然轉身回去，就在那時，我看見了。父親把睡衣的袖子往下拉，遮住因打點滴和打針而變色的手臂肌膚。

走進病房的二茅小姐，一看見父親從床上坐起身，隨即深深鞠躬說「辛苦了」，簡直像在公司裡的電梯前巧遇似的。

「二茅小姐，妳今天出席座談會才是辛苦了。」

父親也彷彿人在公司般，音量比平常稍微提高，十分有活力地應道。不過，流暢的對話只到此爲止。

二茅小姐抬起頭，與父親面對面。兩人都陷入沉默，垂下目光。

原本一直握著門把，悄悄站在一旁的槙乃，從托特包中取出「chika BOOKS」的袋子，舉高向二茅小姐示意，及時伸出援手。

「和香子小姐，這個……探病的伴手禮。」

「啊，對。」

二茅小姐難得發出啪搭啪搭的慌亂腳步聲，快步走向槙乃，接過東西再順勢走回父親的病床旁邊。

「臨時決定要過來，我想不到帶什麼伴手禮才好，於是接受了『金曜堂』南店長的提議。」

「不用帶什麼伴手禮啦。是什麼?從這個袋子看來，是書嗎?眞開心。」

父親笑著打開袋子後，眉毛抽動了一下。看到他的表情，二茅小姐慌忙探頭覷向父親的手中。她摀住嘴巴，好似要硬生生將話語堵住。眼鏡鏡片後方的銳利目光掃向槙乃。槙乃毫無怯意，微笑佇立。沒多久，父親看向槙乃，呻吟般問道：

「《挪威的森林》——是妳挑這本書給我的嗎?」

「對。我去的那家書店恰好在推村上春樹的書，連單行本都一應俱全，我想這也是一種緣分。請問您看過嗎？」

「當然有。很多次。」

「這樣啊，那您一定也有這本書吧？」

「有。」

父親一說完，不太自在地側頭望向我。

「史彌，你可以幫我打開那邊的電視櫃抽屜嗎？」

我按照指示，拉開父親病床對面的電視櫃抽屜，鮮明的紅色和綠色映入眼簾，是《挪威的森林》的單行本。和封面顏色一致的書腰上寫著「百分之百的戀愛小說!!」。

我左右手分別拿著上下集回過身，槇乃說聲「不好意思」走到我旁邊。她翻開兩本書最後面的版權頁查看，才長長呼出一口氣，輪流望向父親和二茅小姐。

「是初版書吧？」

二茅小姐迅速推了推眼鏡，凝視著父親。父親彷彿在尋找早就剃得乾乾淨淨的鬍鬚般撫摸著下巴，半晌才放棄，嘆了口氣，回答：

「沒錯，二茅小姐。這就是從妳的老家——『江戶川書店』買回來的那兩本書。多年來都收在社長室櫃子的抽屜裡，住院後我就拿到病房來了。爲什麼呢？說不定我心底某處其實一直在等著，有一天妳會來找我。」

「社長，你知道我是『江戶川書店』老闆的女兒？」

「第一次在正式錄取典禮上看到妳時，我就知道了。畢竟像那樣狠狠瞪著我的新人，妳是唯一的一個。」

父親愉快地笑了，二茅小姐的臉頰飛快脹紅。父親的笑聲突然轉爲劇烈的咳嗽，雙頰依然泛紅的二茅小姐拚命撫著父親的後背。

「社長，你沒事吧？」

「沒事，就是病人該有的樣子。」

「社長！」

「抱歉。」認眞道歉的父親看起來心情十分愉悅。我感受到在各自崗位上撐起「知海書房」的這兩人之間，並肩走來的漫長歲月和羈絆。

不久，咳嗽漸漸趨緩，父親正色向二茅小姐低下頭。

「因爲從令尊手中買下的這兩本書，我才有機會按照自己心中描繪的藍圖擴大『知海書房』的事業。這個結果影響到於我有恩的『江戶川書店』和其他在地小書店的生計，我卻對這個事實視而不見。我告訴自己，每個人都必須做自己能做的事，試圖正當化自己的舉措。」

父親的臉色有些變差。二茅小姐多半比我更早注意到這一點，不容分說地要他躺回床上，接著自己在一旁的椅子坐下，定睛注視著他。父親用減了幾分亮度的聲音繼續往下說：

「我耳聞『江戶川書店』關門的消息。然後，發生了什麼事呢？就在我擔心不已時，卻在自己公司的新進員工中發現二茅小姐。我一看到妳那雙眼睛，馬上就認出來了。當時，我的內心陷入混亂。在典禮結束後的宴會上，我忍不住接近妳，問妳：『爲什麼會來應徵知海書房的工作？』假裝成是社長會問新進員工的普通問題。二茅小姐，當時妳的回答是『我想了解哪些是大書店才辦得到的事』，對吧？妳還記得嗎？我在心中發誓，絕對不會忘記那句話，以及妳當時認眞的眼神，才能一路走到今天。從九〇年代到現在，那句話始終是『知海書房』在未知中前行的指南針。」

二茅小姐原本一動也不動地聆聽父親的話，此刻才終於大大吐出一口氣。

「我記得。我的確是那樣回答的。」

父親抬起頭，望向我手中拿的兩本書。

「我在『江戶川書店』買下這兩本初版的《挪威的森林》之後，就直接去找那家大客戶的負責人，親手交給對方。他開心得要命，後來還放進收藏櫃裡。因爲有這次的緣分，我和對方在工作之餘也建立起交情，往來了五年左右。」

「五年？」

二茅小姐意有所指地反問，父親像在安撫她似地點點頭。

「眞希望能再相處久一點。對方年紀比我大十五歲左右，是一位善解人意的人生前輩。他一下子就過世了，我眞的覺得很遺憾。」

沉默彷彿要在空間中蔓延開來時，父親像要打破這股氣氛似地，以開朗的聲音繼續說：

「家人遵從他的遺願，將藏書分送給親友作爲紀念。於是，『江戶川書店』的《挪威的森林》又回到我手中。當時我就想，這一定是書在提醒我，要好好向『江戶川書店』和二茅小姐道歉。在那之後，我就一直在尋找機會，結果到今天……」

「您徹底誤會了。」

二茅小姐的聲音前所未有地激動，病房內所有人都注視著她。

二茅小姐按住胸口，調整呼吸，才斷斷續續地擠出話。

「在我看來，《挪威的森林》是借用戀愛小說的形式，來講述弱者和強者的故事。主角『**渡邊**』的身邊圍繞著那麼多人，他卻沒能防止任何一個人在不久之後死亡。社長，書中那麼多人死去，你曾經認爲有哪一次的死亡，原因出在『**渡邊**』身上嗎？」

「沒……」

像是等不及父親搖完頭，二茅小姐隨即開口：

「『江戶川書店』會倒閉也是一樣，並不是『知海書房』或社長害的。是『江戶川書店』自己撐不下去了。這個世上就是有弱者。即使以自身微弱的力量拚命努力，也逃不開弱者的命運，做不到強者能辦到的事。不管是人也好，書店也好，都只能做自身能做到的事。」

「不管是人也好，書店也好。」

父親複誦這句話，二茅小姐泫然欲泣地點頭。

「所以，我從來沒有想過要社長道歉。家父的想法肯定也跟我一樣。我在正式錄取典禮上狠狠瞪著社長？眞是天大的誤會。因爲我……」

很開心能在社長的近旁工作。二茅小姐一口氣說完，才大大吐出一口氣。

「我會來應徵『知海書房』的工作，確實是出於『想了解哪些是大書店才辦得到的事』的動機。不過，我會在好幾家大型書店中選擇『知海書房』，是因爲您在這裡工作。我想和在『知海書房』當業務的倉井先生一起工作。當我得知『知海書房』是倉井家的家族企業，而原本擔任業務的倉井先生不知何時已當上社長時，著實大吃一驚。你不記得我，我也曾經感到有點遺憾，但我告訴自己，只要能在同一家公司，朝同一個目標努力就夠了……」

二茅小姐的聲音鯁在喉頭，無措地左右張望。要是繼續說下去，以往深埋心底的情感就會滿溢出來，日後要在父親底下工作就難了。那雙眼中流露出這樣的恐懼。

我愣愣杵在原地，槇乃快步走近，從我手中抽走初版的《挪威的森林》，放到二茅小姐手上。接著她嫣然一笑，指向擺在父親枕旁、爲探病而買的《挪威的森林》。

「這兩本和那兩本，不如交換一下？」

「咦？」

「各自因《挪威的森林》而起的種種心境，就用《挪威的森林》來作結，如何？這樣就圓滿了——這麼說是太誇張了點，不過相較於道盡一切，一定也存在著透過品味同一本書而昇華的情感。」

父親和二茅小姐低頭看著今天收到的《挪威的森林》。下一秒，父親緩緩翻開鮮紅色封面的上集，念出聲。

「『你真的永遠不會忘記我嗎？』她以細小得像耳語般的聲音問。」

「『永遠不會。』我說。『不可能忘記妳的。』」

二茅小姐憑記憶接下去。然後，她放下肩膀吐出一口氣，以中指推了下眼鏡的鼻橋。

「今天能見到您眞好。社長，祝您早日康復。」

二茅小姐已恢復爲「知海書房」總店店長的表情。父親輕輕點頭，依序望向南店長、我和二茅小姐，才開口：

「謝謝你們來看我，我很高興。眞的很高興。」

聽見父親坦率道謝的話語，各種情感澎湃地湧上心頭，我很想哭，只好咬住舌頭拚命忍住。

❀

二茅小姐表示要直接回總店，我們就在地下鐵車站道別。我和槙乃搭乘大和北旅客鐵道的城京本線電車，踏上返回野原町的歸途。

槇乃跟早上坐車時一樣專心閱讀，但在電車駛離東京後，轉車要等待很久時，她在月台上的自動販賣機買了飲料給我。她遞來一罐玉米濃湯。

「寒冷的季節走到自動販賣機前面，就會忍不住買這個呢。」

蝶林本線的電車終於進站，我們坐上車，槇乃一臉不可思議地盯著玉米濃湯的鐵罐。

「因爲玉米濃湯好喝呀。我要喝了。」

我拉開拉環，傾斜鐵罐直到一顆顆玉米粒滑入口中。

在舊式車廂中兩兩相對的四人座上，我們並肩坐著。沒多久，電車出發了，但槇乃依舊沒有打開文庫本，仍出神地低頭盯著鐵罐。半晌，她忽然輕聲說「不管是人也好，書店也好嗎」，筆直注視著我。

「我第一次遇見有人把《挪威的森林》當成書店的故事來看。」

「妳是指二茅小姐嗎？」

「對。我常認爲閱讀是自由的，但今天親眼見識到《挪威的森林》的內涵可以有多寬廣，實在是上了寶貴的一課。書展也逛完了，眞是大豐收。」

槇乃瞳眸中的光芒益發明亮，神情認眞地點點頭。從那鼻翼微微膨脹的可愛表情，可知她內心有多興奮。

「南店長，妳有書在，沒問題的。」

我脫口而出的這句話，讓槇乃的大眼睛睜得更大了。

「你的意思是……？」

「不，那個……雖然妳說自己『有些地方沒有完全長大』，但看妳今天的言行，我會覺得那些並非缺點或短處，大概只是一種個性而已。」

「個性嗎？」

槇乃的眉頭朝中央聚攏。我拚命搜尋詞彙，繼續往下說：

「南店長，或許妳的確是輕微的路痴，但妳走向書店時的腳步充滿自信，跟待在野原町的『金曜堂』時一模一樣。在病房中幫二茅小姐和我爸交換彼此的《挪威的森林》時，妳看起來沒有絲毫不自在。爲別人找他們想看的書時，不希望顧客在書海中溺水、朝他們拋去救生圈時，對妳而言每個地方都成了家。所以……」

「『沒問題』嗎？」

「啊，不好意思，我太自以爲是了。」

看著我抹去不合季節的汗水，槇乃微笑著搖頭。

「請別道歉，我剛剛收到了一句非常棒的話。」

「真的嗎？」

「真的。倉井，非常感謝你。我心裡輕鬆了些。你又幫了我一次。」

在那之後，槙乃也沒有打開文庫本，我們一路上都在聊天。細碎的、不具深意，卻又想要一直持續下去的閒聊。

每當話題告一段落，槙乃都會連打好幾個呵欠。

「不好意思，今天太早起了。」

「沒關係，請睡一下。到野原站時我會叫醒妳。」

「不行不行，這樣對你太抱歉了。倉井，你也是從剛才就一直打呵欠，不是嗎？」

「我沒妳那麼誇張。」

「騙人，你打的呵欠明明跟我差不多大。」

「我騙妳有什麼好處？」

我反射性回嗆後，立刻回神。「抱歉。」我連忙道歉，槙乃毫無預警地問：

「倉井，你要繼承『知海書房』嗎？」

我瞬間屏息，腦中一片空白，目不轉睛地凝望著槙乃。至今有許多人問過我，但第一次有人問得這麼直白。

我不知該如何回答，大腦搜索著恰當的話語。一些安全的答案浮現腦海，又相繼消失。在這個過程中，我才發現「大學畢業後，我想繼續在『金曜堂』工作」這個想法已在心底生根。只是，我非常猶疑，現在適合直接將這句話說出口嗎？

坐在四人座上隨著電車搖晃，我一會抬頭看天花板，一會低頭看鐵罐裡面，上半身不安地扭來扭去。叩！忽然傳來巨響，我嚇一跳，轉頭一看，身旁早已睡著的槙乃，頭撞到窗框了。她的頭繼續左搖右晃，我慌忙伸手扶住。猶豫片刻後，我將那嬌小的腦袋放到自己的肩上。聽著槙乃平穩的呼吸聲，我從她手中抽出空罐，把玩起自己手中的兩個罐子。

瞥向窗外，樹葉掉光光的枯樹們不斷掠過，黑壓壓的山脈剪影倒映在眼底。

「我還要再想想。我希望找出讓自己最喜歡的人們，和那些人最喜歡的書本都能得到最大的幸福的那條道路。」

我費了一番工夫才整理出來的答案，不僅沒人聽，還空虛地消散在車上廣播聲中。

第3章

自己的歲月

小型車站書店「金曜堂」的忙碌程度，跟電車發車及進站的時間息息相關。因為來車站的乘客大部分都會配合一小時只有一、兩班的電車時間穿過驗票閘門，而其中會有幾成乘客對於位在天橋上的「金曜堂」好奇地多看幾眼。書店的店員們也很自然地會說出類似「等下一班上行電車發車後」或「在下一班下行電車進站之前」這種話，依照電車時刻表來安排工作的時程。

十一月的第三個星期一，我正好就是依照這樣的時程安排，趁電車進站前的空檔整理雜誌櫃。

依照計畫我還有大約十五分鐘可以專心做這件事，不過還剩下一整櫃沒整理時，自動門就開了。我慌忙喊「歡迎光臨」轉過頭去，只見現在已算得上是常客的雙人組整齊劃一地朝我低頭打招呼。是野原高中一年級的東膳紗世和眞登香。

「咦，今天怎麼沒揹那個？」

我做出揹著巨大低音號收納袋的動作，銅管樂社的眞登香一本正經地皺眉說：「我腰有彎成那樣嗎？」她的頭髮比夏天長了些，在耳朵的下方綁起來。

創立讀書同好會的紗世開懷笑了，伸手指向我。她倒是和夏天一樣維持俐落的短髮。

「不用在意啦，眞登香。是倉井的模仿能力太差了，簡直就像桃太郎故事裡『要去山上砍柴的爺爺』。」

「咦？抱歉，我沒有這種……」

我慌忙道歉，眞登香和紗世同時笑出來。那是宛如汽水泡泡裂開時發出的啵啵啵聲響般，令人神清氣爽的笑聲。

「因爲期末考快到了，從今天開始社團活動暫停。」

「我們剛才一起在學校的圖書館讀書。」

「眞登香說時間差不多該去補習了，我就跟著一起過來車站。而且我一直很想來看上星期五開始的新書展。」

「是我告訴她這次的書展超有趣的喔。」

「眞登香都會跟我分享資訊，所以我這個騎腳踏車上學的人也對『金曜堂』的動態瞭若指掌。」

兩人妳一言我一語說個不停，默契好到簡直像是雙胞胎。我點點頭，望向設在進門處的女性詩人書展那一櫃。

槙乃在這個月初東京舉辦的書展中獲得靈感，決定辦詩人書展。所有書店店員都參與了選書工作（除了教科書，我是生平第一次讀詩），把必要的書籍買齊後，最近才剛公開亮相。

想出「秋季，戀上詩與熱湯」這句標語的，也是槇乃。在彩色圖畫紙上寫POP，並在一旁畫上美味熱湯插圖的則是栖川。這是「金曜堂」一貫的工作分配。

「今天南店長呢？」

「剛換她去休息。」

「怎麼這樣！可惜，人家想見她……」

紗世和眞登香愉快地笑鬧著，各自伸手去拿吸引自己的詩集。我微笑看著這一幕，打算回頭整理雜誌櫃時，自動門又開了。

走進來的是一名圓眼睛像貓咪一樣眼尾上吊的褐髮男子。脖子藏在高領中，下巴清晰浮現青筋。腹部如丘陵般隆起的身影，乍看很像某地的吉祥物。有如倉鼠塞滿食物般鼓脹的雙頰，搭上慌張揮動的短短手腳，有一種充滿喜感的可愛。

那名男子在店內左右張望，我一說「歡迎光臨」，他驀地抿緊嘴唇。

「這裡就是『能找到想看的書的書店』？」

可惜他說話的語調並不如外表那樣討人喜歡。我放棄回去整理雜誌櫃，走到他面前。

「請問您有要找哪一本書嗎？」

「有、有。就是有，我才會問啊。」

他突然提高音量，聲音又變粗重，紗世可能嚇到了，手上岸田衿子（註一）的詩集《小奏鳴曲之木》還攤開著就轉頭看過來。她圓滾滾的可愛眼睛裡流露出擔憂。

被小松鼠般可愛的高中女生直盯著，那名男子顯得不知所措，刻意轉過身，避開紗世的目光，又瞥了一眼別在我圍裙上的名牌，伸手用力搔了搔乾枯的頭髮。他壓低聲音，加快說話的速度：

「不過啊，倉井小哥。」

他無預警地叫出我的姓氏又加上「小哥」，我一時愣住，他逕自往下說：

「渡航（註二）的作品只有放《果然我的青春戀愛喜劇搞錯了》最新一集的書店，問了感覺也是浪費時間啦。怎麼樣？倉井小哥，怎麼樣啊？至少也要擺上《妖怪奇譚》才值得我問一下吧。」

第一個長書名我聽過，是野原站的主要乘客，猛瑪校野原高中的男學生們常買的輕小說。

註一：岸田衿子（一九二九～二〇一一），詩人、童話作家。
註二：渡航（一九八七～），輕小說作家。

我的目光掃過按照作者姓名而非出版社來排序的文庫本書架。渡航——是「わ」（WA）行，的確只放了一本《果然我的青春戀愛喜劇搞錯了》。

「請問，您剛才說的第二本書，方便再告訴我一次書名嗎？妖怪……？」

「《妖怪奇譚》，有嗎？」

「書庫裡說不定有。」

「書庫？」對方提高語調，環顧店內。茶點區就占去了一半空間，看起來的確不像有書庫的樣子吧。不過，我不希望自家書店被小瞧了，於是胸有成竹地回答：

「對，書庫。請您稍等。」

我正要轉身，對方慌忙叫住我。

「啊，倉井小哥，等等……這樣的話，還有其他書也麻煩你在書庫找一下。」

「是什麼書呢？」我發問時，伸手從墨綠色圍裙的口袋掏出小筆記本和筆。先寫了《妖怪奇譚》，再抄下對方連珠炮般說出的其他三本書名。

大約十分鐘後，我毫無遺漏地抱著那四本書回來時，那名男客大吃一驚。

「《在暗夜中尋找羔羊》、《少女大人！地方都市傳說大全》、《總有一天降臨的戀愛！》，還有《妖怪奇譚》。」

「喔喔，喔喔喔喔喔，這是眞的嗎！倉井小哥，你是神嗎！」

對方一把從我手上搶走那四本書，激昂地吼叫。紗世和眞登香又嚇到全身一震，他卻渾然不覺。

「我一直以爲再也沒有機會看到紙本的新書了——這樣啊，原來這裡有。『金曜堂』眞的是『能找到想看的書的書店』耶。」

他講完又自己點頭表示贊同後，像獻上祭品給神殿般恭恭敬敬地捧著那四本書。

「這些，我全買了。」

「謝謝。」

「不用書套。」他這麼說，因此我一一抽掉補書條後，就把那四本文庫本放進塑膠袋。

這名男客拎著塑膠袋朝自動門走去，在門附近的女性詩人書展櫃子前停下腳步。很明顯地，他看的不是詩集，而是站著閱讀詩集的兩個高中女生。眞登香察覺他的視線，使勁拉著一無所知仍專心看書的紗世的背包，移動到別的書櫃前面。

看到她們的反應，男客臉色不悅正想開口，一看到從自動門走進來的那個人，又抿緊了嘴。

那個人搖晃著金髮小平頭，踩著外八字的腳步走近男客。他的雙手一直插在摻有金線的西裝外套口袋中，凶惡的目光一路從男客的腳掃到頭頂。兩人身高正好差不多，形成面對面互瞪的局勢，不過在魄力這一點上，男客毫無勝算。

「你、你幹麼？」男客不禁破音，金髮平頭男則朝他猛然地低下頭。

「歡迎光臨。」

「歡迎光臨？」

「嗯。歡迎光臨，就是歡迎光臨。這是『金曜堂』老闆和久靖幸在向你問好。」

「老闆？」

男客那雙貓眼瞪得老大，紗世和眞登香立刻躲到和久的背後。儘管和久不算寬闊的後背沒辦法完全遮住兩人，她們依然露出安心的表情。

「我在外面跑業務時，出了什麼問題嗎？」

和久睜大那雙弧度平坦的眼睛問我。男客驚慌失措地嚷嚷：

「沒有。什麼都沒有！倉井小哥，對吧？」

男客請求我附和他，卻又連插嘴的時間都不留給我，自己愈講愈快。

「我只是在想，店裡那兩個女生好像雙胞胎，多看了幾眼而已。」

「雙胞胎？真登香跟我長得根本完全不像。」

紗世噗哧一笑，男客一臉不悅地嗆回去：

「長得不像的雙胞胎少女，很萌吧。」

「萌……!?」

紗世和真登香在和久背後縮起身子。對這句話嫌棄到不行的那種縮起身子。我彷彿都能聽見秋末冬初冷風呼嘯而過的聲音。

男客大概發現自己講錯話了，慌忙補上一句：

「啊，不，萌是有『定義』的──我可不是蘿莉控，對國中女生也沒興趣。」

「我們是高中生。」

「咦，高中生？那不是少女的晚年階段了嗎……啊，我不是要講這個，這種事無所謂。沒錯，對我來說，長得不像的雙胞胎少女就是讓故事變得很萌的一個主要元素。」

冷風呼嘯而過的聲音變大了。和久忍不住介入，勸阻：「欸，等一下，你冷靜點。」

和久先轉向紗世和真登香說「妳們慢慢看書」，再朝男客說「我請你喝一杯咖啡，你陪我一下。就這樣說定了」，強迫他一起過去茶點區。

「不，我，差不多得去月台了……」

「不管上行或下行，搭電車都還早啦。」

男客連「唔」的掙扎聲都發不出來了，無力地在高腳椅坐下。

一直在吧檯裡觀察店內情況的栖川，隨即端上一個盛滿飲用水的玻璃杯。連站在收銀台的我都看得見，男客一口氣就喝光了。

紗世和眞登香分別買下《小奏鳴曲之木》和《夜空總是最高密度的藍色》，離開店裡後，我確認沒有客人在，便走到雜誌櫃前。表面上是要繼續進行整理的工作，其實注意力完全放在茶點區。

「你叫什麼名字？」和久開口問。

「這是在審問我？」

「哪可能。只是很普通地在問客人問題。不先問名字，聊天時不是很不方便？」

「太宰士……」

「啊？」

「我說，我叫太宰士（Dazai Osamu）。」

棲川微挑右眉，端正的五官稍稍扭曲。和久則是露骨地皺起眉頭，略翻白眼，湊近那名男客。

「啊？你說你叫太宰治（Daizai Osamu）嗎？你以爲自己在演《人間失格》嗎？」

「眞的啦眞的。這眞的是本名。不過漢字不是『治』，而是武士的『士』，讀音一樣的同名同姓。我媽再婚後，我的姓氏跟著改，突然之間就變成大文豪的名字，老闆殿下，你懂我的心情嗎？」

「說什麼殿下……啊，不，抱歉。我還以爲你講那個名字肯定是在開玩笑。不好意思。」

和久坦率道歉，又說「畢竟太宰這個姓氏很少見」，說到一半又打住。他再次皺眉，但這次不是瞪人的那種皺眉，而是正在思索時的眉形。

太宰忽略陷入沉思的和久，拿起棲川用虹吸壺煮的咖啡喝了一口。芳醇的香氣甚至都飄到我這裡來了。

「那兩個女生買詩集回去了嗎？」

太宰轉向我問。

「對，兩人都有找到自己喜歡的詩。」

我抓住回答他的這個機會，朝茶點區再走近一些。

「眞不錯耶，少女和詩集。超萌。」

「超萌……嗎？」

「超萌啊。手中抱著詩集、長相不同的雙胞胎少女，簡直棒呆了。」

「你還敢講！我說啊，太宰，你要覺得什麼東西很萌，或讓你熱血沸騰，都是你的自由。不過大聲說出這件事，就不好說了。對方聽在耳裡，可能是等同暴力的發言。」

聽見和久傻眼的語氣，太宰聳聳肩，應道：

「這樣啊，我以後會注意。三次元的世界果然很辛苦。」

「三次元……」

從太宰口中迸出的詞語都十分新鮮，我不禁複述一遍。

太宰從手上提的塑膠袋取出剛剛買的四本書。每本書的封面都有可愛女生的插畫，有幾本還不只一個女生。

「畢竟我平常都住在二次元的世界。」太宰挺胸斷然說道。

和久愣愣張大嘴，望向栖川。栖川的表情沒有絲毫變化，維持一貫的沉默。和久只好放棄，自己開口問：

「欸，住在二次元的世界是什麼意思？」

「嗯，簡單來說，就是從十幾歲開始看輕小說，到現在三十幾歲了也還在看輕小說。研究輕小說的角色及世界觀，書寫感想時，最能眞切感受到自己活著。換句話說，就是看輕小說這件事已超出娛樂的範圍，成爲生活的全部。」

「只看輕小說嗎？」

「對。其他類書籍不管角色或故事內容，都會讓我有一種像是在討好這個世界，也就是三次元世界的感覺……咦，現實？那種東西在生活中經歷得還不夠多嗎？」

我不由得在心中「哦」了一聲，單純感到佩服。世上眞的有各種顧客（讀者）存在呢。

和久原先的氣勢全消，清了清乾啞的喉嚨。

彷彿要拯救略微尷尬的氣氛，茶點區那側的自動門開了，輕柔又明亮的話聲響起：

「我回來了！」

槇乃坦然接受集中在她身上的視線，露出微笑。接著，她發現其中摻雜著一道不屬於書店店員的視線，「啊」地一聲睜圓那雙大眼睛，同時將兩隻手臂在胸前交叉，再水平往外揮。「歡迎光臨『金曜堂』」，一如往常的這句招呼語響徹店內。

大部分顧客受到這等熱烈歡迎都會有些不知所措，但太宰的雙眼閃閃發光。他慌張地從高腳椅上下來，筆直站定，感動不已地拍手。

「太萌了！」

「不敢當。」

槙乃一鞠躬。太宰轉向我們，表情顯得興奮極了。

「容貌、聲音、個性——嗯，每一項都棒呆了。完全就是我心目中理想的女主角。」

「我的女主角？」我與和久異口同聲地問。栖川那張撲克臉雖然不動聲色，但我可沒漏看清潔海綿從他正在洗餐具的手中滑落了。

太宰將視線移回槙乃的身上，毫不客氣地上下打量，果斷下了一句結論。

「留在三次元世界實在太可惜了。」

出局。現在這句話百分之百出局了。我拿出裁判舉紅牌的氣勢，站到槙乃和太宰的中間。

「這位是『金曜堂』的店長，南槙乃。」

太宰一把抓住我的肩膀，把我推開。這下他離槙乃更近了。

「喔喔，原來是店長殿下呀。我姓太宰，妳好。我是顧客。」

「你好。」槙乃的笑臉上沒有一絲陰霾，也沒有因太宰近到不尋常的距離而畏怯。那無比親切可人的態度，令我吃醋了。

槙乃笑著看向手表。

「上行電車快來了，這位客人，您還待在這邊沒關係嗎？」

太宰的神情驀地認眞起來，急忙將先前拿到吧檯上的文庫本一一收進塑膠袋。

「糟糕，大有關係啊。我値夜班的。」

他手忙腳亂地朝自動門走去，所有書店店員目送他的背影，喊「謝謝惠顧」。

太宰回過頭，宛如貓眼的那對瞳眸只盯著槙乃，揮揮手就離開了。

隔天起，太宰每天都會來「金曜堂」報到。他眞的只買輕小說，不過，每天一定會買一本。他表示「在往返的電車上就會看完了」。我問他明明住得遠，野原站又沒有觀光景點，爲什麼每天跑來？他回答「要回老家幫忙做番薯乾」。從田裡採收番薯，蒸過後剝皮切成薄片，再放到太陽下曝曬。

「儘管只是番薯，卻小看不得，有夠累的。太宰那老頭——啊，他是我媽的再婚對象。兩年前他過世後，我媽就一個人接手這項工作。從那時候起，每年的這段期間都會召喚唯一的兒子，也就是我去幫忙。我還有自己的工作，眞的超困擾的。」

太宰一在茶點區的高腳椅坐下，就抱怨個不停，一臉厭煩地聳聳肩。在附近書架把先前缺貨的書補上的槙乃極力稱讚他：

「你嘴上埋怨，不也乖乖接受召喚了嗎？太宰先生，你眞孝順。」

「孝順？」太宰哼了一聲，從錢包掏出一張紙片。

「我只是被這個綁住了。」

和久原本坐在隔了一張高腳椅的位置上看文庫本，他彎腰湊過去，念出上面寫的文字。

「『服務券』、『一張可兌換一次服務，服務內容不限』、『無有效期限』？這什麼玩意？」

「就是字面上的意思，服務券啊。小學的時候大家不是都會在母親節或媽媽的生日送這個嗎？」

「我送過，好懷念。」槙乃探出身子，吧檯另一側的栖川也微微點頭。

只有和久維持上半身後仰的姿勢，歪頭道：

「我媽本來就有幫傭了。」

「喔喔，不愧是『和久興業』的夫人。」

槇乃毫無芥蒂地拍手，和久大翻白眼。

「幹麼啦。小少爺工讀生，你也一樣吧？倉井，對吧？『知海書房』的夫人要找幫手時，也都是傭人在做吧？你沒有送過服務券這種東西吧？應該從來沒想過要做這樣的事吧？」

他的聲音大到就算我待在有一段距離的結帳櫃檯，也聽得一清二楚。我模稜兩可地笑著蒙混過去。

「總之……」太宰說著，舉起服務券在空中揮舞。

「我小學時做了連在一起的十張券送我媽。我的確是送了。不過，那可是小學的事喔？都多少年前的事了？誰知道我媽一直收得好好的，然後在我已搬出去，長大成人，也有在工作的這種時候，拿出來當王牌用。每次突然叫我過去，如果我想開口抱怨，她就會啪地掏出服務券。啊，討厭死了。」

太宰誇張地扭動身體，逗得槇乃等人哈哈大笑。雖然老是嘟嚷著三次元的世界好難生存，但太宰看起來十分享受和「金曜堂」的大家交流。

我豎起耳朵，倉儲室的電話似乎響了。再仔細聽，還眞的響了。

我走進倉儲室，拿起話筒：

「讓您久等了，這裡是『金曜堂』。」

——喂，不好意思，百忙中打擾。我是「佐月動物醫院」的佐月。

「啊，醫生，好久不見。我是倉井，小貓的事眞是多謝妳了。」

我憶起與白袍十分相襯的那道清新身影，朝牆壁低頭致意。夏天闖進地下書庫的野貓生完小貓後，幸虧有佐月倫子醫生出手相助。

——我剛才打和久的手機，但沒有人接。

「啊啊，不好意思，我們店裡的訊號很差。我請他聽電話。」

我按下電話的保留鍵，轉到茶點區的分機去，但和久一聽說對方是自家寵物兔「公爵」的家庭醫生佐月小姐，可能是不好意思在槇乃他們面前和醫生交談吧，他立刻大喊「我過去那邊」，跑了過來。

「電話給我，馬上給我！」

他一踏入倉儲室，就搶走我手中的話筒，發出與平常判若兩人的溫柔聲音：

「喂，我是和久。嗯，妳好。最近嗎？吃滿多的吧……嗯？噢，不是我，是兔子啊。牠最近吃得比較多了。對，謝謝。那麼，今天是……？」

和久刻意背對我，不讓我瞧見他和佐月醫生說話時的表情，但光從背影也看得出他連金髮末梢都因喜悅而震動。我心中泛起一股暖意，這時，和久忽然提高音量說「眞的假的」。

「小龍媽媽，對吧？正好——不，嗯，這件事交給我。野原町大部分的地方我都有辦法問。我會再聯絡妳。嗯，在那之前，倫子醫生，小龍就拜託妳了。」

和久跟平常一樣講話很快，但隨即切換成令人懷疑到底從哪裡發出這種聲音的甜軟語氣說「妳願意信賴我，我很高興」，才掛掉電話。

而後，他直接拿起話筒打給別人，低聲問話，得到答案後，又接著打給另一個人問另一個問題。這一套流程重複好幾遍後，和久終於放下話筒。花費的時間大約七分鐘。和久的老家就是野原町無人不知無人不曉的「和久興業」，這件事是好也是壞，但只要不出野原町的範圍，和久本人也到處都吃得開。

「發生什麼事了嗎？」

我戰戰兢兢地問，和久卻一臉心不在焉地反問：

「欸，小少爺工讀生，你有駕照吧？」

「啊，對。不過車子因爲沙織——我媽要用，所以放在老家，最近都沒開就是了。」

「好，你跟我來。」

他一把抓住我，我根本沒得抗議就被拖出倉儲室。

和久——還有被和久拖著走的我，前往的目的地是茶點區。吧檯那邊和剛才一樣，太宰依然無所顧忌地向正在工作的槙乃與栖川搭話。

和久向前走，開口道：

「太宰，你媽媽被送到醫院了。」

「咦？」槙乃從書架後方探出頭，我直盯著和久，太宰原先搭在吧檯上的手慢慢放了下來。只有栖川一個人沒有停下動作，在吧檯裡繼續切碎洋蔥。

咚咚咚咚地響徹店內的菜刀聲中，太宰發出呻吟。

「醫院？」

「對。太宰實彩子女士的腿骨骨折，送到野原町的北部醫院住院了。性命無虞，但聽說需要動手術。你去看看她的情況。我們家的倉井會開車載你去。」

和久說完，附耳告訴我在野原站前已備妥「和久興業」的公司車。

太宰沒有回答隻字片語。咚咚咚咚，只有切洋蔥的聲音持續響著。和久焦急地喊：

「實彩子女士是你媽媽，不是嗎？」

「老闆殿下，你怎麼會知道？」

「第一次聽到你的名字時，我就覺得太宰這個姓氏很耳熟。後來才想起，我在定期去的動物醫院，常常會遇見一隻叫小龍的狗，那隻狗的飼主就姓太宰。以前在等候室閒聊時，她提過自己有一個兒子，那個兒子住在其他縣，只有做番薯乾的期間會回來幫忙，我就想：啊啊，說不定小龍媽媽的人類兒子就是你……」

太宰哼了一聲，將圓潤的下巴埋進高領內。

「我今天也一早就去幫忙採番薯了——她那時可是活蹦亂跳的。」

「我聽到的消息是，你回去以後，她在家裡的廚房跌倒、滑倒或者絆倒了，沒辦法動，痛到發不出聲音，是小龍跑到外面一直大叫。碰巧『佐月動物醫院』的佐月醫生出診，去幫隔壁鄰居家的貓看診，她察覺事有蹊蹺，特地過去查看情況。然後佐月醫生聯絡我，你又剛好在這裡。真是的，忠犬就是在說小龍這種狗狗。」

太宰動也不動地聽著和久說明，但和久催促「所以你趕快去醫院」時，他卻垂下頭。

「她沒有生命危險，對吧？那我去也不能幹麼——更何況，她也沒叫我去。」

和久走到太宰眼前，一把揪住他的衣領，硬是拉他站起來。

「不管任何時候，媽媽一定都想見到兒子吧。」

「是這樣嗎？」

咚咚，棲川切洋蔥的聲音第一次停了。楨乃望向我，側頭問：「倉井？」和久與棲川，甚至連太宰都看著我。我才發現自己把浮現心頭的疑問直接說出口了。我正苦惱該怎麼解釋時，太宰開口了。

「我沒見過自己在生物學上的父親。從出生起，我就一直跟媽媽兩個人相依為命，她就是所謂的單親媽媽。」

太宰停頓片刻，目光掃過我們的臉，搔了搔乾枯的褐髮。

「單靠我媽一個人賺錢，生活窮苦得要命，眞的不是開玩笑的。在滿是泥濘、寸步難行的生活中，是輕小說拯救了我。有可愛女生登場，透過種種事件展現出女生獨特個性的二次元故事，讓我終於有一個避風港可以喘口氣。當然，輕小說中也有許多傑作，和三次元世界一樣具有深度。但我喜歡情節相對單純、有可愛女生登場的故事。啊，現在也一樣熱愛。話題偏掉了。嗯，當然，我打算高中畢業後就要去工作，希望能稍微改善家裡的經濟狀況，也希望能過上想買多少喜歡的輕小說就買多少的生活。可是，我媽不一樣。」

「不一樣？」

「嗯，不曉得她是不是瘋了，過了四十五歲又再婚。說是什麼從來沒聽過的在地有錢農家？對方年紀還大她十五歲，是個有錢有勢的老頭，就算被別人在背後指指點點，說她是貪圖遺產，她也沒辦法反駁。」

「太宰先生嗎？」

「對，太宰那個老頭。那男人不管從哪個角度看就只是個老頭，爲了孩子和他結婚，不會太超過了嗎？我媽那種彷彿在說『一切都是爲了孩子』的行爲，我討厭死了。我不能忍受近距離看見兩個中老年人的新婚生活，一上大學就搬出去了，從那之後就一直自己過日子，幾乎沒回過老家。嗯，我知道自己是在逃避。所以太宰那老頭這麼早死，我們又回到母子倆相依爲命的生活，她每次都用做番薯乾之類的理由召喚我，我不曉得事到如今到底要用什麼態度面對她，又要跟她聊些什麼才好？我尷尬得要命，眞的很傷腦筋。做番薯乾時至少還可以埋頭工作，去探病難度太高了……」

太宰一口氣講完，又開始呻吟「啊啊，三次元的世界眞是麻煩死了」，雙手掩住臉。

「你現在可以講這麼多話，在小龍媽媽面前一定也有話講。快點去！」

和久的額頭浮現青筋，我慌忙拉太宰站好。

「總之，我們先到醫院去吧。」

「四十分鐘後可以趕回來嗎？我値夜班……」

我彷彿聽見和久理智斷線的聲音，趕緊從背後推太宰離開「金曜堂」。

我一眼就看到「和久興業」的公司車。因爲站前圓環停著一輛後座是防偷窺玻璃窗的轎車。看起來經過改造，車身特別低。

「這是公司車？怎麼看都像是小混混的改造車。」

太宰直白說出眞實的感想。我苦笑著坐進駕駛座，鑰匙已插在上頭。我檢查車內的情況，太宰主動搭話：

「倉井小哥，你常開車吧？」

「嗯。我在老家時常開，只是駕訓班結束後就沒開過右駕的車了……」

「什麼？倉井，你都開進口車？你眞的是『小少爺工讀生』耶。」

「拜託你饒了我吧。」

爲了避免引擎催過猛，我輕輕踩下油門。「和久興業」的公司車靜靜駛出，車子的性能與粗大排氣管給人的印象不同，我鬆了一口氣。

駛離國道後，再開一陣子就會看到北部醫院。這一帶是商業地區，周邊林立著銀行、超市或藥局之類野原町居民的生活不可或缺的建築物。之前看野原町的鄉土史，在年號從昭和轉爲平成那段期間，圍繞這塊商業地區開發了不少住宅區。我問太宰的老家位在哪一區，但他的回答很模糊，看來他不太熟悉野原町的地理。於是，我換個話題。

「希望伯母的傷不會拖太久才痊癒。」

「倉井小哥，你跟你媽感情好嗎？」

面對突如其來的問題，我「咦？」了一聲。

「就是剛才，老闆殿下武斷地說『媽媽一定都想見到兒子』時，你的表情寫著疑惑，也像是帶著不滿。」

相當敏銳。我打了方向燈，在轉彎時坦白說：

「我媽媽在我還很小的時候就離開家裡了……」

所以我不曾有機會送出服務券，也完全不了解「母親」是什麼樣的存在。

「這樣啊。那後來就是令尊跟你，兩個人互相扶持過日子吧。」

「啊，不，這個……」

聽見太宰飽含同情的話語，我重新握好方向盤，感受著堵在胸口的情緒，告訴他「後來我爸又結了兩次婚，所以我總共有三個媽媽和三個同父異母的妹妹」。

太宰那雙貓眼圓睜，扳著手指不曉得在算什麼，最後大大嘆了一口氣。

「爸媽都很自私。」

「哈哈，或許是吧。不過太宰，你媽媽……」

我正想幫實彩子女士講幾句話，但太宰斬釘截鐵地說「都一樣啦」。

我將「和久興業」的公司車開進北部醫院的停車場，管理員伯伯像是等了很久似地立刻走過來告訴我們「太宰實彩子女士在整形外科大樓的302號病房」，還引導我停到靠近醫院入口的職員用停車位。

太宰有些倒胃口地說「這未免太周到了吧」，顯然這是長年掌管野原町的「和久興業」在地方人面之廣、連結之深所帶來的結果。

我按照管理員伯伯的指示來到三〇二號病房前，果然看到一張寫著「太宰實彩子」的紙片夾在病房門牌裡，和其他三名女性的名字並排在一起。是多人房。

明明建築物的規模、氣氛、員工和病患人數都不同，我卻不知怎地想起父親住的那家醫院。那種獨特的氣味，似乎每一家醫院都相同。

「那我去樓下大廳附近等。」我說完便打算告辭，卻被太宰一把抓住手臂。

「欸，倉井小哥，一起進去啦。我不是說過了嗎？我一個人會很尷尬，又不知道要聊什麼話題。」

「就算我在話題也不會增加。」

「嗯。沒關係，是這樣沒錯，但你就幫個忙啦。」

那雙貓咪似的眼睛用力閉緊，雙手合掌。我沒辦法狠心拒絕，只好依他的意思踏進病房。

北部醫院的多人房，比父親住的那家醫院的單人房還小。狹窄的空間在正中央空出了一條走道，左右靠牆各擺放兩張病床，每張病床中間又以從天花板垂下的粉紅色簾子隔開，算是維護病人的隱私，但病人躺在床上腳看得一清二楚，講話聲音也都會傳出來，顯然不是適合探病的訪客久待的環境。

只有右側裡面那張病床周圍的簾子是拉上的。右側靠門和左側裡面的兩張床位是空的。左側靠門的那張病床上，一名女性躺在棉被裡，緊咬牙關，抬頭盯著天花板。我馬上就看出那是太宰的母親——實彩子女士，兩人的眼睛長得一模一樣。

那雙貓眼的目光射向站到病床旁的太宰，太宰無措地勾住我的手臂。

「野原町的書店『金曜堂』的老闆殿下告訴我妳住院了，他叫我來看妳。啊，這個人是『金曜堂』的員工，他開車載我來的。」

實彩子女士盡力抬頭望向我，以目光致意後，又轉向太宰。

「小龍。」

「啊？」

「小龍的晚餐，怎麼辦？」

「啊，狗狗嗎？狗狗小龍？小龍在『佐月動物醫院』的醫生那裡。」

「佐月醫生嗎？眞的？太好了。」

實彩子女士的神情終於放鬆下來，但她的腿好像很痛，隨即又咬緊牙關。母子倆陷入沉默。太宰一臉不自在，雙手插進口袋裡。

「啊，那麼，我差不多該……」

「要回去了？這麼快？」

「咦，不行嗎？」

實彩子女士「嗯——」了長長一聲，雙手在空中揮動。棉被滑開，露出包著厚厚一層繃帶，比另一腿粗了好幾倍的傷處。

「我有事想拜託你……但我沒有券了。」

「券？」

「服務券。」

太宰回頭看著我。他的表情複雜到難以用言語形容。

「人都傷成這樣了，我總不可能說『沒有服務券不行』這種話拒絕吧。妳想拜託我什麼？說吧。」

「我希望你回家一趟，幫我拿住院要用的東西。」

見太宰低頭看手機確認時間，實彩子女士慌忙搖頭。

「啊，但你上班時間快到了。星期五是晚班，對吧？還是算了，我自己想辦法。我沒問題。士，你趕快去公司。」

「眞的？」

太宰正打算聽從實彩子女士的話離開，我從他背後伸長了脖子問：

「需要些什麼呢？」

「換洗衣物、毛巾、盥洗用具吧。啊，還有錢包和……」

實彩子女士張大那雙貓眼瞪著天花板，一一說出需要的物品。我在太宰的背後說：

「我們去拿吧。開車去你老家一趟，再回醫院。」

「眞的？」

太宰第二次的「眞的？」聽起來似乎有點困擾，但我沒理會，打開房門等他。

我請太宰告訴我實彩子女士和小龍一起生活的老家地址，再輸進導航系統。按照機械音的指示，奔馳在通往夕陽落下的那座山的細長小徑上。轉了不曉得第幾次彎後，突然傳來一聲「抵達目的地」，導航結束。太宰的老家距離北部醫院開車大概要十五分鐘，來回一趟，再加上晚點從醫院回到「金曜堂」那段路程，估計是趕不上太宰要搭的那班電車。坐在副駕駛座上的太宰看來也死心了。他打電話給公司，以母親臨時住院爲由請了有薪假。

「你的臉上寫著，一知道我媽住院時，我就該請假了吧。」

太宰那雙貓眼懷疑地瞪著我。他說中了，我裝作正在確認導航系統蒙混過去。太宰不介意地繼續說：

「要是請了有薪假，我就得一直陪在她的身邊吧。我辦不到。辦不到，太痛苦了。所以就算是賭口氣，我今晚還是想去工作——啊，倉井小哥，我請假的事，你別告訴那個人喔。」

「『那個人』是指實彩子女士嗎？我知道了。」

他鄭重囑咐，我只好不情願地點頭。沒多久，太宰的老家就到了。車頭燈光照亮的那幢屋子，是擁有一條長廊的氣派日式房屋。屋頂鋪著瓦片，牆壁塗著灰泥，沒有大門或圍籬，田地中央一條沒鋪柏油的道路直接連通庭院，而庭院又和建築物後方的田地接在一起。雖然看不出太宰家的土地到哪裡才是盡頭，但這個家對一人一狗來說未免太過寬敞了吧。

太宰下車後，仰頭望向剛出現星光的夜空，將雙下巴縮進高領裡。

「這附近果然很冷，根本是冬天了吧。」

說完，圓滾滾的身軀左搖右擺地走進屋內。他在長廊上來回走動，將主要光源全都打開，才放下心似地吐出一口氣。接著，他呼喚一直站在玄關門口的我脫鞋進屋。

「你隨便挑一個房間待著，等我一下。我去收拾住院要用的物品。」

太宰一說完，腳步聲便匆匆遠去。

就算主人的兒子說可以，但實際住在這裡的人是實彩子女士。我還是認為擅自打開緊閉的拉門進房不太好。不過太陽下山後的長廊實在太冷，我受不了，伸手搭上最近的一扇拉門。

「打擾了。」

五坪左右的寬敞和室映入眼簾。房間的正中央擺著一張矮桌及和室椅，沐浴在方才太宰打開的白晃晃的日光燈下。沒看到其他家具。乍看之下，這空間的寬敞程度讓我以爲是客廳，但矮桌上隨意堆疊著雜誌、書和老花眼鏡，和室椅也出現一些老舊鬆弛的地方，看來是實彩子女士休息用的房間。對折的薄椅墊和雙面刷毛毛毯擺在距離矮桌稍微有一段距離的地方。我腦中頓時浮現，實彩子女士趁下田工作的空檔，躺下來歇息的身影。

我在矮桌前跪坐。我老家和現在住的那間電梯公寓，地上都是鋪木地板，因此榻榻米柔韌的觸感和隱約傳來的暖意令我感到十分新鮮。某間房傳來西洋大鐘的響聲。置身於彷彿遭全世界遺忘的寂靜中，我坐立不安，想要站起身。

手才按到矮桌上，一堆雜誌就倒塌了，露出底下的書。簡單的白色封面，左側直寫著書名和作者姓名。同一排還畫上附有類似郵票外框的小鳥插圖。

我沒讀過那本書，但作者的姓名最近常在「金曜堂」看到。我有股衝動想拿起書翻看，最後還是忍住了。把我弄倒的那堆雜誌復原，以巧妙的平衡堆回去。

我再次端正跪坐，側耳傾聽西洋大鐘的聲音時，一道腳步聲響起。腳步聲愈來愈大，房間的拉門打開了。

「哦，你在這裡啊。」

太宰站在門邊，提著一個塞得鼓鼓的超市塑膠袋。那袋子裡裝的應該就是實彩子女士住院需要的物品。他實在塞得太亂七八糟，我說「你等一下」，站起身。

「那個塑膠袋是透明的，裡面的東西看得一清二楚，而且尺寸好像太小了。」

「我找不到剛好的袋子。」

「如果你願意，我也來幫忙找吧？像是廚房裡面……」

我這麼提議，是想起到今年春天爲止，一起生活了好幾年的父親第三任太太，也是我的第三個媽媽——沙織，總會在廚房存放好幾種環保袋。

獲得太宰同意後，我踏入廚房，發現水槽那一側一片漆黑。

「不好意思，這裡的燈泡壞了，不會亮。」

太宰一面解釋，一面拿起手電筒幫我照亮。我道謝後，請他小範圍地左右移動圓形燈光，方便我在廚房裡四處查看。

雖然沒看到環保袋，但找到一個裝著圍裙及替換用毛巾的托特包。我把裡面的東西全部取出來，再將太宰準備好的住院用品中比較重的先放進去，依序疊好，仔細擺整齊。

「哦，倉井小哥，你很會耶。」

「謝謝。」

我面露微笑。父親要住院時，也是我代替一聽見病名就臥床起不來的沙織準備必要用品。盥洗用具、顏色能提振心情的睡衣、觸感舒適的毛巾，還有父親放在床畔、看到一半的幾本書——

「要不要幫她帶幾本書？可以打發在病房裡的時間。」

對於我的提議，太宰搖搖頭。

「啊，不用、不用，我媽才不看書。我從來沒見過她看書。她頂多只會看食譜書或收納技巧之類的實用書而已。」

「可是……」

我想起剛才那個房間裡的書，但沒有說出口。

因為閱讀是非常私密的事。

太宰和我再次回到北部醫院，但他和實彩子女士之間比剛才更尷尬。太宰依照實彩子女士的指示一一將托特包裡的物品收進抽屜和櫃子後，立刻表示要離開。實彩子女士的表情瞬間僵住，隨即點點頭。

「你正忙的時候還來探病，謝啦。這個時間趕得上夜班嗎？」

「嗯，還行、還行。」

太宰隱瞞已請有薪假的事實，隨口敷衍。我盯著那圓滾滾的背影，盯到都要穿出洞來。太宰避開實彩子女士的目光，也避開我的視線，說「那我就先走了」，慌忙轉身朝門口走去。他待在病房的時間，前後大概連五分鐘都不到吧。

我們一起回到「金曜堂」，和久搖晃著他的金色小平頭，攔住去路。

「喂，小龍媽媽的情況怎麼樣？」

「咦？啊啊，骨折了，腿骨。」

「混帳，這種事我早就知道了。」

和久頓時發火，但太宰一把推開他，歡欣雀躍地收拾借放在結帳櫃檯的物品，就朝門口走去。

和久無預警地被他一推，腳步踉蹌。栖川待在吧檯裡，槙乃則不見人影。我忍不住開口：

「你真的要走嗎？不是才請了有薪假？」

太宰回過頭，原本就往上吊起的眼尾又吊得更高了。其實他不希望讓「金曜堂」的大家得知自己請假的事吧。儘管對他有點抱歉，但我實在忘不了在那個家裡看到的那本書。我總覺得應該要告訴認定「我媽才不看書」的太宰這件事比較好。

我繞到太宰的前方，站在女性詩人書展的書櫃前，尋找印象中擺在這個平台上的一本書。我很快就找到了。《自己的感受力》，是槙乃精選出的其中一本詩集。

「茨木則子（註）。」

聽見我念出的作者名字，太宰疑惑地偏頭問：

「什麼？誰？」

我注視太宰那雙宛如貓咪般的眼睛，想起擁有相似雙眼的實彩子女士。儘管書名不同，但實彩子女士家中矮桌上那本書的作者也是「茨木則子」。因爲是每天都會在書展櫃上掃到的名字，才吸引了我的目光。

白色封面上，平常翻閱的位置留下淺淺的指痕。想必實彩子女士只要稍有空閒，就會戴上老花眼鏡閱讀那本書。

雖然我不該插手實彩子女士的私事，但要是太宰完全不曉得那本書的存在就這樣回去，實在是太可惜了。

——畢竟這對母子，其實還有修補關係的餘地。

這時，槙乃柔和的聲音響起：

「『焦躁時，

不要怪罪身邊的人，

什麼都沒做好的是自己。』」

「這是哪裡來的台詞？現在是要演舞台劇嗎？還是音樂劇？店長殿下，妳是怎麼回事？」

太宰驚慌失措，槙乃從倉儲室出來，一直走到我旁邊，拿起《自己的感受力》，高高

註：茨木則子（一九二六～二〇〇六），詩人、散文家、童話作家。

舉起給他看。

「我剛才是背誦出茨木則子的詩集《自己的感受力》中，書名那首詩的第三段。」

「啊，那是一段詩嗎？不是台詞？」

「對，是一位眞誠活出自我的女性詩人的作品。」

槇乃點點頭，翻開書頁。

「我不清楚現在是什麼情況，但我來念最後一段。

『自己的感受力，

要靠自己守護，

愚蠢的人呀。』」

槇乃淡淡念完後，深深低下頭。即使槇乃的語調一如平常柔軟，那句話卻直擊心臟。包含我在內，所有書店員工都將手放在胸前。

太宰畏縮地向後退，嘴巴緊緊抿住。

「好可怕的詩。好可怕的女人。」

「是嗎？我腦中浮現的是一位要把這句話深深刻進自己而非他人的心裡，期許自己更加堅強勇敢，意志堅定的女性詩人。同樣身爲女性，我會想要緊緊抱住她。換句話說，她很萌。」

「啊？店長殿下對『萌』的定義，我實在搞不懂。」

太宰哼了一聲。槇乃不好意思地嘿嘿笑，伸手搔了搔頭，望向店內的西洋大鐘。那個舉動簡直就像一個信號，從月台傳來上行電車抵達的廣播聲。

要說的話，就是現在了。我下定決心。

「其實，茨木則子這位詩人，實彩子女士好像也喜歡她。」

「咦？」槇乃睜大雙眼。

「你說〈**愚蠢的人呀**〉嗎？」太宰反射性問道。

雖然想反駁他那首詩不是這個標題，但我忍住了，只是搖搖頭。

「不，不是《自己的感受力》，是另一本詩集。」

我稍稍停頓，望向槇乃。

「南店長，《歲月》這本詩集，地下書庫有嗎？」

「有喔，《歲月》。這樣啊，實彩子女士在讀那本詩集……」

我語氣激動地詢問，槇乃以不輸我的氣勢，使勁點頭。

「按太宰的說法，實彩子女士平常不太看書。」

聽見我的話，太宰插嘴說「才不是『不太』，她根本沒在看」。

「但這本書就擺在矮桌上，上面也沒有積灰塵，她應該是經常拿起翻閱才對。」

我一說完，槙乃的大眼睛一亮，一道銳利光芒射向太宰。

「太宰先生，你要不要也讀一下《歲月》？」

「啊？不用了，我不看詩集。而且三次元女人的自言自語又不萌。」

「即使在那些自言自語中，藏著你所不知道的伯母的另一面？」

槙乃靜靜說出的這句話，令太宰愣在原地。他輪流望向槙乃和我，目光又掃過槙乃手中那本書的作者姓名，聲音都變尖了。

「今天是星期五，最後一班上行電車就快到了吧？我得回家了。」

「你要回家嗎？」

「要回家啊。不然末班車跑了怎麼辦？我又不能在書店裡過夜。」

我們幾個書店員工彼此對望。和久早就走到茶點區，一直克制著不要開口，此刻終於清了清喉嚨，出聲：

「喂，你可別小看『金曜堂』。」

「咦？」

「你以爲我們書店沒辦法收留一、兩個想看書的客人過夜嗎？你未免太小看我們了。」

「咦，可以過夜嗎？真的假的？睡在書店裡？」

太宰驚訝地環顧四周。槙乃望著他微笑，俐落撥了下波浪鬈髮。

「先去地下書庫找《歲月》吧。」

槙乃和我讓太宰走在中間，三人排成一行，走下通往地下書庫的樓梯。

走完最後那段狹窄的長樓梯，槙乃打開日光燈後，從拉開倉儲室地板通往地下書庫的那扇門起就一直連連歡呼的太宰，此刻歡呼聲又更大了。

「這是什麼？書庫？車站？這不是地下鐵的車站嗎？」

「沒錯，是二戰前計畫遭到中止的地下鐵野原站。瞧，那裡還有站名牌。」

槙乃伸手指向鐵軌另一側牆壁上掛的地下鐵站名牌。

「以避免破壞這個車站的原始樣貌爲前提，我們改造成地下書庫。」

語畢，她指向一整排並列在月台上的鋁製書櫃。太宰簡直像跟著巴士導遊去校外教學的學生，好奇地一再左右張望，低聲驚呼：

「太猛了！有夠猛耶！《少女大人！地方都市傳說大全》、《總有一天降臨的戀愛！》，還有《妖怪奇譚》，原本全都放在這個地下書庫是吧？」

「對。」我一點頭，肩膀就被他用力抓住，前後搖晃。

「如果是這裡，肯定也有《無能力者的軌道遊戲》、《南青山少女Book Center》和《羅密歐的災難》的紙本新書吧？太猛了！這裡是寶庫！太萌了！」

太宰感動不已，槙乃溫柔地拍了下他的肩膀。

「我們要先找《歲月》。」

「噢噢，那本啊。好、好。」

那雙貓眼縮到只剩一半大小，太宰立刻露出「眞麻煩」的表情。槙乃雖然笑咪咪的，卻不由分說地帶他走到月台盡頭的書櫃。

那邊的書櫃上放的是古今中外的詩集。詩集跟小說、單行本、文庫本不同，有各式各樣的尺寸，擺在一起視覺上相當參差不齊。我一時不習慣，有點眼花撩亂。太宰想必也有同感吧，不斷左右張望，問：「在哪裡？在哪裡？」只有槙乃彎下腰，手指沿著書背滑動，輕而易舉地找到《歲月》。

槙乃請太宰到書店員工用來小憩的沙發坐下，站到他面前。

「這本詩集是茨木則子老師過世後才出版的。她的家人找到她仔細謄寫、整理過的遺稿，這本書才得以出版。」

槙乃遞出書，太宰伸手接過，咕噥著「我又得挨詩一頓臭罵嗎？眞討厭」，臉上寫滿不情願。

「茨木老師的詩並沒有在罵任何人喔。」

「是嗎？『**愚蠢的人呀**』就讓我覺得被痛罵了一頓。話說回來，她都謄寫好了，爲什麼不出版？」

「她本人說因爲『**有點不好意思**』。」

「『**不好意思**』？」

太宰從各種角度端詳手中那本詩集，槙乃朝他微微一笑。

「在篇名是〈**「Y」的箱子**〉的後記裡有詳細說明理由，看過應該會對每首詩有更深的體會。」

太宰從鼻子呼出一口氣，靠著沙發椅背重新坐好。

「我不曉得幾年沒看過輕小說以外的書了，可能很快就會膩。」

「詩的語言會主動接近你，別擔心。而且整本書也才四十多首詩，只是掃過一遍不會花太多時間。」

槙乃拍胸脯保證後，拉了拉我的袖子。

「倉井，你可以來幫我確認要從書庫拿上去補的書嗎？」

「當然。」

槙乃先確認我點頭同意，才又轉向太宰。

「我們還有工作，你就先一個人待在這裡。請盡情享受那本詩集，有需要時再叫我們。我們馬上就會回來，待會再一起回到地面上。」

太宰沒有回話，他已翻開書頁開始讀了。

槙乃聳聳肩，催促我離開。她的神情顯得很高興，還有，很滿足。

我們在距離太宰很遠的地方工作。我將最近銷路不錯的五本文庫本塞進搬運用的籃子，出聲問槙乃：

「南店長，光是從實彩子女士可能喜歡《歲月》這件事，妳就看出她的性格了嗎？」

「咦，性格？怎麼可能知道那種東西？」

沒想到她乾脆地搖頭，我的猜測落空了。槙乃那雙大眼睛沒漏看我的反應，那是一雙簡直像掛著星星般、閃閃發光的眼睛。

「不管是誰，人這種生物擁有的面向簡直多到令人頭暈眼花。他人不過都是一些虛構的角色罷了，而且就算面對的是自己，常常也只能窺見其中幾個面向，沒辦法透徹了解。可是……」

槇乃停頓片刻，再對我微笑。

「多虧《歲月》這本詩集，我可以猜想到一個有關實彩子女士的事實。」

「一個事實？」

聽見我複述她的話，槇乃點頭，從圍裙口袋掏出一張細長的紙片。那是茶褐色的書腰，正面寫著像是從內文節錄的一段話：

『要看透真實，

二十五年的歲月是太短了吧。

……可是，

不光是歲月而已吧。

懷抱著僅有一日、

宛如閃電般的真實，

堅強活下來的人，也是有的。』

這段話的旁邊用小字寫著「節錄自〈歲月〉」，我開口問：

「這是……妳拿給太宰那本書的書腰嗎？」

「對。我希望他在沒有任何預設立場的情況下看那本書，就先拿下來了。」

我靜靜望著槙乃交給我的書腰，槙乃溫柔低語：

「《歲月》這本詩集中的每一句話，都蘊含著茨木老師緬懷在結婚二十五年後過世的丈夫的心情。」

「像是獻給亡夫的情書嗎？」

我想起《歲月》的白色封面，忽然覺得那看起來也像是尚未寫上隻字片語的便條紙。結婚二十五年的歲月到底是長是短，這個問題比書腰上那段話更令我難以想像。畢竟我只是一個連女朋友都沒交過的未婚青年，或許也和我從小生活在父親都不滿十年的兩段婚姻（現在是第三段婚姻的進行式）中這種成長背景有關。

槙乃用手指捲起波浪鬈髮——這是她在思考時的習慣動作——慢條斯理地說明：

「茨木老師從四十九歲丈夫離世，到七十九歲她過世的三十年之間，似乎只要一有機會就會寫跟丈夫有關的詩。在我的想像中，那些原本應該只是個人的自言自語，但一行行文字實在太過哀慟、深刻又閃耀著光芒，才會一躍紙上，就化成具有普世性的內容，不是嗎？連不曾經歷過『夫妻』這種關係的人，也會深深受到吸引。這就是詩的力量吧。更何況，若是讀者和茨木老師一樣失去摯愛伴侶的話……」

「妳的意思是，實彩子女士其實很愛過世的再婚對象嗎？」

我下意識推了推眼鏡。假使事實正如槇乃所言，那和太宰之前說的，實彩子女士再婚是看重經濟實力勝過愛情，出發點是爲了小孩，未免差太多了。我內心陷入混亂，槇乃彷彿看穿這一點，面露微笑。

「如果想了解一個人，我就會想看那個人正在讀的書。閱讀，是映照人心的一面鏡子。」

此時，太宰的聲音在遠處響起：

「欸，我想回地面上了。」

我和槇乃對看一眼。太宰平板的語調令人完全猜不透他究竟有沒有接收到槇乃的用心。不過槇乃依然柔和一笑，回應「我知道了」。

✿

我們回到地面上時，自動門已掛上打烊的牌子，吧檯內的栖川拿著攪拌器插進鍋子裡。攪拌聲意外地吵。

「你在煮濃湯嗎？」

槙乃主動問，栖川肯定地點頭，只輕聲說了一句「花椰菜」。於是，和久補充說明：

「我在外面跑業務時，人家送了剛從田裡採收的花椰菜。啊，我還買了『克尼特』的麵包。」

「核桃起司裸麥麵包。」

栖川只講了一句話。因爲嗓音優美，即使音量小也會徑直傳進耳朵裡。

槙乃請太宰坐上高腳椅，自己也跟著坐下，然後又幫我拉了一張高腳椅。

走地下通路一直到穿過倉儲室的途中，太宰都沉默不語，不過他手肘一抵在吧檯上，就立刻開口說：

「這裡是『能找到想看的書的書店』，對吧？實際上，我也在這裡找到好幾本想看的書，可是……可是，店長殿下，這本不行。我並不想看。」

他這麼說完，將《歲月》放在吧檯上，滑向隔壁的槙乃。槙乃雙手抓住高腳椅的邊緣，往左往右旋轉，低下頭看著滑到自己面前的那本書，接著望向太宰的側臉。

「『不想看』？眞的嗎？」

「我幹麼騙妳？妳要我看，我就全部看完了。這就是我看完後眞實的感想。對我來說，這本不是我想看的書。」

太宰認眞解釋，槙乃注視著他，雙眼不住眨動。纖長的睫毛微微顫動，她內心似乎受到很大的衝擊。

「那個……可是……」

攪拌聲戛然而止，店內一片安靜。槙乃緩緩垂下頭。栖川拿起小湯匙試吃濃湯的味道，點點頭。

他在我們面前擺上一排胖嘟嘟的陶製厚重湯杯，杯裡已盛好乳白色濃湯。率先抓起木製湯匙的是太宰。

「嗯，好吃。」

他刻意提高語調，輕聲稱讚。發現沒有其他人跟著喝濃湯，太宰盯著湯匙，靜靜說道：

「店長殿下，希望妳不要誤會，我不是在批評這本書。相反地，我認爲這是本好書，我一口氣就讀完了，完全不覺得無聊。我不太了解詩，但原來就算性別、世代、價值觀都不同，詩也能緊緊抓住人心。她的詩肯定很厲害吧。果斷說出『**愚蠢的人呀**』的強悍女性，因懷念死去的丈夫而哭泣、恍神、後悔、說喪氣話——不管從哪一面切下去都還是女人，就像是女人的金太郎糖。這本詩集的內容，全都是茨木則子這位詩人只在她丈夫面前展露出的樣貌吧？」

「是啊。我覺得《歲月》裡的詩，文字情緒的濃烈程度和茨木老師的其他詩集都不同。」

槙乃附和般點頭。太宰瞇起那雙貓眼，看著槙乃。

「就是這樣我才不想看。我實在不會應付三次元的女人，太活生生了。再加上那會讓我想起我媽——簡直就是地獄。妳饒了我吧。」

槙乃幫太宰推回來的那本《歲月》重新包好書腰，小聲問：

「可是，你沒有感覺心裡稍微輕鬆了一點嗎？明白實彩子女士再婚，並沒有爲兒子違背自己眞實的心意。」

太宰沒有回話，只是沉默地用木湯匙將花椰菜濃湯送進口中，偶爾咬幾口麵包。

見和久一臉焦躁正要開口，我慌忙插嘴：

「那、那個，太宰說不定在看這本書前就隱隱約約明白這件事了。只是，雖然心裡明白，卻希望自己認爲『實彩子女士是爲了自己才再婚的』，不是嗎？」

所有人都轉頭望向我。太宰那雙貓眼的眼尾更加往上吊，定定望著我，同時流露出怯意與安心的神色。

槙乃噘起嘴，整個人轉向太宰。太宰慌張別開視線，放棄地垂下頭，低聲問：

「倉井小哥，你什麼時候知道的？」

「我不知道。只是情況變成這樣，我突然想起，我們開車去醫院的路上，我提到我爸換了好幾任妻子時，你說實彩子女士也『都一樣啦』。所以，我就猜想，說不定你其實是把實彩子女士的再婚，視爲她個人意志的展現，而非犧牲。」

店內再度陷入寂靜，下一秒，太宰發出彷彿讚嘆美味的嘖嘖聲，喝光了濃湯。

「太宰那個老頭死後，我媽又開始依賴我。我也想爲這件事感到高興。我也希望自己會有『我要成爲她的依靠』的想法。可是老實說，我內心其實有個掃興的聲音：『我有什麼義務要爲她做那麼多？』我忘不掉過去她只顧著追求自己想要的，不考慮我的感受，我沒辦法原諒她。要是現在好好面對她，感覺長年來我拚命說服自己，好不容易才維持住的不遠不近的關係，就會一口氣崩毀，太恐怖了——眞的，三次元的世界，實在太恐怖了。」

太宰說完，倏地垂下頭。

槙乃喝了一口濃湯，輕聲說「是〈**兩位大廚**〉吧」然後拿起吧檯上的《歲月》，翻開書頁。

「『如果憎恨，
是愛珍貴的調味料，
那在兩位大廚的料理中，稍嫌不足。

因此，
沒煮成醇厚的濃湯，
花上二十五年熬出一鍋清澈的法式清湯。』」

茨木則子和她丈夫這對夫妻作爲「**兩位大廚**」，熬成了法式清湯。或許實彩子女士和她丈夫太宰先生也一樣。不過，這種例子眞的很難得，通常人際關係中的『**兩位大廚**』煮出的都是濃湯。不管是夫妻、戀人、朋友、上司和下屬、老師和學生，還有親子，也都一樣。」

分別待在吧檯裡外的栖川與和久，同時喝下濃湯。

「是啊。」和久附和，栖川點點頭，黑髮柔順地飄動。

槙乃坐在高腳椅上，再次轉向太宰，說道：

「我們生活的三次元世界，大部分的人際關係都是濃湯。雖然希望熬出法式清湯，但多半都是濃湯。可是，濃湯不是也很好嗎？滋味醇厚，很好喝。」

「如果是栖川小哥煮的濃湯，自然是是很好喝。但我和我媽的濃湯就不行了，肯定是難以下嚥，是絕對喝不下第二口的那種湯。」

太宰注視著空湯杯，嘆了口氣。像要敲醒他似地，栖川悅耳的嗓音劃破空氣：

「你錯了。」

「哇，栖川小哥說話了。」

無視太宰驚訝的反應，栖川繼續道：

「或許真有難喝的濃湯，但不可能喝不下第二口。鹽、胡椒或其他食材——只要加進別種材料，肯定能入口。」

「要是知道那個『別種材料』是什麼，我就不用這麼煩惱了。」

聽見太宰軟弱的發言，所有人都沉默了。看起來，大家正拚命思索那個「別種材料」可能會是什麼，我也在想。我借來槙乃放在吧檯上的那本《歲月》，翻開書頁。

望著詩集最前面，茨木夫妻在自家前拍攝的照片，想像他們過去在背後那幢現代風格房屋中的日常生活。從擺著一排擦得光亮的皮鞋及小尺寸涼鞋的玄關踏進屋裡，沿著走廊前進。地板肯定是天然木材。餐廳鋪著地毯，廚房則是貼著亮白磁磚的西式風格，但兩人過的是會擺出炭爐的昭和式生活。爲了幾乎都準時回家的丈夫，詩人妻子今天也點亮廚房的電燈，著手準備晚餐。點亮電燈……？

我靈光一閃，從高腳椅站起身，說道：

「廚房！」

「哦？什麼啦，小少爺工讀生？不要突然這麼大聲，對心臟不好。」

和久大翻白眼，我向他再次確認：實彩子女士是在廚房跌倒才骨折的，對吧？和久微微點頭。

「沒錯，倫子醫師的確是這樣說的。」

我轉向太宰，說道：

「實彩子女士是在燈泡壞掉的廚房跌倒的，我猜她應該是——踩在檯子或什麼東西上面，想要自己換燈泡吧。」

太宰順著我的話接下去：

「所以才會失去平衡……可惡，爲什麼不趁我在家時叫我換。」

「我們在病房時，實彩子女士不是說了嗎？她『沒有券了』。」

「券？是指服務券嗎？」

敏銳的槙乃提出疑問後，太宰似乎也想起來了，用力「嘖」了一聲，氣惱地說「她居然顧慮這種事？太蠢了吧」。

槙乃將波浪鬈髮在手指上纏繞了幾圈，微微偏頭說：

「在實彩子女士的眼中，服務券或許是個很實在的道具。由於順從自身意願再婚，和兒子漸行漸遠，現在想跟兒子撒嬌、想依賴兒子，內心卻又感到抱歉。而服務券就是能夠跳脫這些顧慮，用『需要幫忙』爲藉口，見到兒子的魔法道具……」

「藉口？」

「她一定很希望就算沒事兒子也可以多回老家吧。不管要說是自私還是什麼，那就是母親的眞心話。」

和久又武斷下結論了。但他的武斷，似乎鬆開了太宰的心結。太宰的神情頓時變得柔和，槙乃將太宰的變化全數收進眼底，也垂下眉，溫柔微笑。

「太宰，你知道要在濃湯裡加什麼了，對吧？」

槙乃從圍裙的口袋掏出筆、圖畫紙和剪刀等工具。

「那個口袋是怎樣？怎麼什麼都有？簡直就像哆啦A夢的四次元口袋。」

「口袋不是三次元也不是二次元，只能是四次元的呢。」

以輕鬆的對話緩和太宰的情緒後，槙乃柔聲說：

「太宰，你做服務券……不，這次不要用券了，做通行證給實彩子女士吧。沒有期間限制也沒有次數限制，永久有效的通行證。」

「咦？不要啦。我都這麼大了還做這種小朋友才——」

「就是這麼大了，才更要做。而且太宰，不管你幾歲，都是實彩子女士的小孩喔。」

聽見槙乃有力的勸說，栖川、和久跟我都不約而同地點頭。

太宰像貓咪一樣瞇起眼睛，眨了眨。接著伸手去拿圖畫紙，神情認眞地挑選紙筆的顏色，在栖川迅速整理乾淨的吧檯上，動手製作要送給實彩子女士的服務通行證。

在我們書店員工溫暖的注視下，他正在替味道不協調的濃湯添加最適合的調味料。

太宰完成時已是三更半夜，大家各自找地方休息，直到清晨五點半，我被和久敲醒。老實說，太累人了。其實，後來我買下太宰還給槙乃的那本《歲月》，在睡前讀到忘我，所以睡眠時間有點不夠。

「你帶那傢伙再去一次醫院。昨天那輛車應該還停在圓環附近。」

「咦？可是這麼早，會客時間還沒——」

「沒問題，我都安排好了，他們會讓你從醫院的後門進去。聽說小龍媽媽正好是今天要動手術，已轉到單人病房。你們去看她時就不用有顧慮。」

「我明白了。」

我轉身想叫醒窩在旁邊睡袋裡的太宰，才發現他那雙貓眼早就睜開。他像毛毛蟲一樣躺著，坦率向我低下頭說：

「麻煩你開車了。」

「交給我吧。」

我們準備好正要出發時，倉儲室的門開了，簡直像一直在等待這一刻一樣。原本應該睡在地下書庫沙發上的槙乃，笑容滿臉地揮手說：

「路上小心。」

我看向太宰，太宰點點頭。

晨霧中，我們沿著國道朝北部醫院奔馳。無論是對向或同向車道上都幾乎看不到車子，順暢無阻地前進。我還是有設導航，不過畢竟昨天才開過這條路，今天在路上幾乎不用再看了。

醫院的停車場空蕩蕩，也不見工作人員的身影。我把車停到最靠近入口的位置，拉起手剎車。副駕駛座上的太宰緊緊握著親手製作的服務通行證，愣在原地。

「你還好嗎？」

我關心地問，他恍惚地眨眨眼，睡亂的褐髮有一搓翹了起來。

「倉井小哥，我可以問你一個沒禮貌的問題嗎？」

「不要啦。不過，好啊。」

「到底是可以還是不可以啊！唉，算了。拜託你讓我問。倉井小哥，你和你親生母親煮出來的，果然也是濃湯嗎？」

「其實，我也一直在想這件事。」

我眞的從昨天就在思考。我將雙臂放在方向盤上，閉上眼睛。

「如果我和媽媽是大廚的話——很遺憾，不管是濃湯或法式清湯，大概都煮不出來吧？我並不了解什麼是媽媽的愛，也就不到憎恨媽媽的地步。更精確來說，我連媽媽到底是什麼都不太清楚。」

「不了解愛，是嗎？」

「對。我認爲情感會動搖，就是愛存在的證據。」

「我懂了……你會陪我去病房嗎？」

「我會陪你喔，天涯海角都行。」

我這麼回答，睜開雙眼。太宰笨拙地拍了一下我的肩膀。

我們站在醫院的後門口。一名應該是和久先聯繫好的護理師，不知道從哪裡冒出來幫我們開了門。

在那名護理師的帶領下，我們來到和昨天不同的樓層。這個時間自然沒有門診病患，但醫院中已洋溢著展開一日工作的氣氛了。走在我們前頭的護理師也沒有特別壓低聲音，在深紅色拉門前告訴我們，這就是實彩子女士在手術前轉入的單人病房。護理師還說手術是在今天中午過後進行，要在腿上裝鋼釘。

「如果家屬陪同，會從醫師那裡聽到更詳細的說明。」

太宰沒回答會不會陪同，默默低下頭。他伸手放在拉門上，靜靜往旁邊一推。

我跟著進去，背對著拉門等待。太宰走到床邊查看情況，又仰身退了一步。

「妳醒著啊……」

「醒著。腿痛得我睡不著。而且在家裡時，現在也是該去田裡的時間了。」

一道爽快的聲音回應他。從我的位置看不見實彩子女士的臉，儘管疼痛難耐，聽起來她仍頗有精神。

「你還在野原町啊。」

「嗯。在車站裡的書店發生一些事，錯過了末班車。」

我看見太宰胖嘟嘟的手握住病床的白色金屬管。

「太宰那老頭不在，妳很寂寞嗎？」

「啊？你在說什麼？」

「事到如今，妳不用害羞了啦。你們可是夫妻。」

「只有十五年而已。」

「『**不光是歲月而已吧**。』」

聽見太宰突如其來的這句話，實彩子女士倒抽一口氣，空氣都爲之震動。

「你看過《歲月》？什麼時候看的？」

「在『金曜堂』書店被逼著看的。明明不是我想看的書，他們卻強迫我看。」

「你又用那種口氣講話……我們家也有一本喔。我在動物醫院的等候區看到雜誌介紹就跑去買了。那天剛好有事要去隔壁車站，就順道去購物中心裡的書店……」

實彩子女士絮絮叨叨地描述買書時的情況，想必是在掩飾害羞吧。但她清楚記得每一個細節，這件事正巧說明了《歲月》在她心中是多麼特別的一本書。太宰大概也是明白這一點，才沒有制止實彩子女士說下去，一直安靜聽到最後。接著，他又問了一次：

「太宰那老頭過世後，妳寂寞嗎？」

「是呢……」

聽見伴隨著嘆氣聲，母親終於吐露眞心話，太宰大大點頭。

「那麼，這個給妳。」

「什麼？」

「不管是田裡工作需要人手，想找人幫忙做以前太宰那老頭負責的事，或者想找人講話，什麼事都好，妳可以用這個呼叫我，不用顧慮太多。相對地，妳不可以再一個人逞強，害自己摔一大跤了。」

太宰把親手做的服務通行證，遞到方便實彩子女士拿取的位置。實彩子女士雙手接過，凝視半晌，「哎喲」了一聲。

太宰的神色一僵，說道：

「妳是覺得我都這麼大了，不該做這麼幼稚的事嗎？」

「才不是。我腿在痛啦。你幫我拿一下那張桌子上的止痛藥，再倒杯水來。」

一口氣說完這一串話後，實彩子女士動作誇張地——甚至連我都看得見——高高舉起那張服務通行證。那張裁剪成卡片大小的圖畫紙上，用黑色麥克筆大大寫著「任何事都行，無有效期限」。

「居然馬上就拿來用。」太宰咂了咂嘴，還是乖乖把止痛藥遞給實彩子女士，又高高興興地拿著杯子走出去。我趁機跟著離開病房。

我們並肩在走廊上前行。太宰今天不用上班，他宣布要陪實彩子女士動手術。

「就算我說要回去，她八成又會亮出那張通行證。」

太宰這麼說完，思索片刻，又聳聳肩說「有時候強制性的要求反倒令人比較輕鬆」。

「三次元的世界，實在有夠麻煩。」

「是啊。」

「不好意思，倉井小哥。麻煩你送我過來，卻要讓你自己一個人回去。」

「不用在意，這是我希望看到的結果。」

我推推眼鏡笑著說，太宰像是《愛麗絲夢遊仙境》裡的柴郡貓般咧嘴一笑。

我們在民眾可自由使用的茶水間前面道別，我正準備要一個人回去，卻又被叫住。

「有三件事，希望你幫忙轉達給店長殿下。」

「三件事？哪三件？」

「首先是這次多謝她了，再來是我之後會再去『金曜堂』。最後一個是……」

太宰搔搔頭講出的那句話，我實在太想快點告訴槙乃了，不由得小跑步起來。

我回到店裡時還沒到營業時間，和久、栖川和槙乃正在店裡拆箱。今天也收到許多裝滿書本、雜誌和漫畫的紙箱。

得知太宰順利把服務通行證交給實彩子女士，還留在醫院陪實彩子女士動手術後，槙乃等人都鬆了口氣似地互望。

「一開始就坦率點啊，眞是的。」

和久發著牢騷，槙乃先安撫他，又朝我低頭說：

「倉井，辛苦了。還有，謝謝你。」

「咦？」

「我沒能看透太宰先生對實彩子女士複雜的心境，幸好有你在。」

「噢，沒錯。這次幹得漂亮，沒想到小少爺工讀生還挺敏銳的。」

「居然說『沒想到』。沒有啦，我只是……」

我說不下去了，只好趕緊用「一直放在心上」蒙混過去。栖川的藍眼睛忽地望穿我，他說不定看透了我對母親冷淡的情感。這個念頭閃過腦海的同時，我終於有機會說出其實一開始就想回報的，太宰要我轉告槙乃的話。我才講到第二件事，和久就等不及地催促：

「所以咧？最後是……？」

「最後一件事——他說『下次我去「金曜堂」的時候，要買一本《歲月》』。」

槙乃那雙大眼睛睜得圓圓的，和久發出「科科科」的奇異笑聲。

「到頭來，《歲月》還不是變成他想看的書了。」

「沒錯，南店長的判斷是正確的。」

我出聲附和，槇乃一臉喜悅地聳聳肩，又問我：

「倉井，《歲月》裡你比較喜歡哪一首詩？」

「我想一下……應該是〈一個人〉吧。南店長，妳呢？」

「〈夢〉、〈車站〉、〈夜晚的庭院〉這幾首吧，但我全都喜歡就是了。」

槇乃舉出的那三首，都是我在閱讀時會聯想到槇乃和迅的詩。最近槇乃的眼神中幾乎不再流露出憂傷，而這些詩透露出，那是因爲她將和迅的回憶收藏在心底更深、更穩固的地方了。

和久望向我，抿嘴不發一語。和久之前說自己沒看過這本詩集，但他或許察覺到了什麼。畢竟他這人擁有動物般的直覺。我擺出明朗的笑容說「這樣啊」，轉身朝倉儲室走去。

「我去穿圍裙。」

我擁有和槇乃——即使僅限於書店工作這個小小的範圍中——日漸積累的《歲月》。就算最終的結果可能會是，無法與槇乃收藏在心底『**宛如閃電般的真實**』相比，我也只能全力以赴，走過自己被賦予的這段《歲月》。

一股力量凝聚在我球鞋的鞋底。

第4章

甲斐先生

十一月最後一個星期五，我去送貨順便採買回來後，看見一名男子蹲在天橋上，窺探著「金曜堂」店裡的情況。那道身穿刷毛夾克的背影，幾乎隱沒在長型登山背包下，針織帽下方露出的髮尾四處亂翹。我看得心臟一緊，如果那傢伙是槙乃的跟蹤狂該怎麼辦？但我還是咬緊牙關，向前一步。

「請問您有什麼事嗎？」只是我詢問的話聲，很丟臉地破音了。

對方像裝了彈簧似地彈起身，轉頭過來。他的個子很高，身形瘦削，胸膛卻相當厚實。從臉頰到下巴都蓄滿鬍子的那張臉上，有著顯眼的鷹勾鼻和深邃眼窩，散發出一股外國登山愛好者的氣質。

「呃，這裡是……書店沒錯吧？」

沒想到他的聲音倒是挺高的，和粗曠外貌不符。他垂下雙眉，來回撫摸鬍子。看著那副無助的模樣，我才冷靜下來。

「對，是車站書店『金曜堂』。」

「我想也是……嗯，好奇怪。」

他納悶地歪頭，接著發現我身上穿著「金曜堂」的墨綠色圍裙，就雙腳併攏，挺直背脊，一副要行禮的氣勢。

「噢，你是書店的人啊。不好意思，『金曜堂』的……倉井史彌先生。」

他盯著我胸前的名牌，我不自主地後退一步。

「什麼事？」

「我聽別人說蝶林本線野原站的天橋上有一家咖啡廳。」

「啊啊，這樣的話……」我伸出一隻手比向前方，「那就是我們書店沒錯。『金曜堂』是設有茶點區的書店。如果您有空，請進。」

「噢，原來是書店咖啡廳啊。」

對方深深點頭。我帶著他向前走，讓茶點區那側的自動門開啓，突然間，又短又刺的金髮髮梢從我的視線範圍下緣冒出來。

「『金曜堂』是有附設咖啡廳的書店啦。」

「阿靖哥！」

和久緊抿著嘴，一把抓住我的肩膀，往旁邊一甩。他代替輕而易舉就被甩開的我，向那名男子低頭行禮，那身摻有金線的寬鬆西裝都起皺摺了。

「呦，歡迎。」

和久維持著這個姿勢，將對方從腳到頭打量過好幾遍。與嘴上的親切招呼相反，那兩道目光凶狠到就算被人誤以爲他在找碴也無法有怨言。那名男子朝我投來求救的視線，我連忙開口介紹：

「這位是『金曜堂』的老闆。」

不是小混混，我在心中補上這一句。那名男子體格結實，臂力應該強過和久，卻輕輕捏著針織帽行禮，踮腳從和久身旁走過。

我陪他走到吧檯，拉出高腳椅。吧檯內繫著領結的栖川面無表情地瞥了他一眼。那張清秀端正的和風臉上，異於常人的藍眼睛射出銳利的目光，他正要放下登山背包的動作一頓。

「啊，不好意思，我可以放行李嗎？我一出差回來就直接過來了……眞抱歉，占用空間了。」

「請放下來。現在沒有其他客人，放旁邊的高腳椅上也沒關係。」

栖川一語不發，只點了個頭，我代爲出聲招呼，但那名男子極爲惶恐地說「會弄髒」，把背包放在高腳椅旁的地板上。

「啊，不好意思，請給我一杯咖啡。」

他這個「不好意思」的口頭禪，讓我有種遇見同類的親切感。然而，那張質樸滄桑的側臉卻令我看到出神，果然跟我並非同類。

剛好有其他客人走進店裡，我便離開了。後來我一直忙著招呼客人和倉儲室裡的各種工作，等我回過神，已過了三個多小時。

手寫退貨單的工作結束後，我回到店面準備向槇乃回報。相較於春天剛開始打工時，我現在手腳俐落多了，只是退貨依然令我感到艱難。這樣說一定會被和久取笑，但我總覺得「書本在哭泣」，會懊悔地想，之前應該要更努力賣這本書的。

店裡沒有客人的身影。太陽早就下山了，也不見要搭電車的乘客在天橋上穿梭。像是剛打掃完月台的站員冷到縮著脖子朝驗票閘門走去。我的肚子咕嚕咕嚕叫。啊啊，好想吃火鍋。心情上已是冬季。

原以爲槇乃會在結帳櫃檯，沒想到她卻不在。我猜可能是去整理書櫃了，環顧四周，才在茶點區看到雙手撐在吧檯上站著的那道美麗背影。她的頭微微地上下移動，大概又在踮腳了吧。踮腳是槇乃熱情交談時的習慣。我好奇她交談的對象是誰，悄悄移動到可以看見整個吧檯的位置，然後，下意識單手輕捏鏡框。

剛才那名貌似外國登山愛好者的男子還坐在高腳椅上。他待在那裡已超過三個小時。

我們書店位在車站裡，難得有客人久留，這勾起我的興趣，於是我豎耳傾聽他們的談話內容。

「我再說一次，隨著『小風』不斷長大，『阿春』的煮菜功力愈來愈厲害這一點眞的很棒，對吧？」

「沒錯。還有，我行我素的娃娃創作者、不太擅長與人交際的『阿春』迫於必要，自己主動發現問題，逐步拓展社交圈的那段過程也描寫得很仔細，令我深深體會到：啊啊，當父母的人，也會在養育孩子的過程中隨之成長。」

仔細聽下來，主要是和久與槙乃在講話。那名男子輪流望向分別位在自己左右側、熱烈討論的兩人，垂下眉毛。他手裡拿著一本平裝的單行本。

吧檯內正在擦玻璃杯的栖川察覺我的目光，無聲搖頭。從那雙彷彿看透一切的藍眼睛流露的訊息，我大概猜到現在是什麼情況。

八成是那名男子在吧檯看書，槙乃與和久注意到他就主動搭話，結果兩個人自己聊到渾然忘我，停不下來。一遇上喜歡的書就會熱血沸騰到忘記工作，正是老闆和店長都具備的優點，同時也是缺點。

我朝他們走近，打算替那名男子解圍。走到可以看見書本封面的距離後，我發現那本書邊緣有一道藍線。封面插畫是父親一手拿著購物袋，一手牽著年幼女兒的背影。父女倆前方的天空只剩下黃昏的微光，令人不禁想像他們應該是正要回家煮晚餐吧。這個封面設計相當出色，透著幾分寂靜，彷彿正靜靜等待讀者翻開書頁。書名爲《阿春》。

「你們在聊《阿春》啊？」

我出聲詢問，那名男子轉向我，露出束手無策的眼神。和久絲毫沒察覺到這件事，放鬆地揮舞雙手。

「哦，小少爺工讀生，你也看過嗎？」

「沒，很可惜。」

「什麼呀，那就不要用一副看過的表情說話啊。這本是推理連作短篇集的上選之作，很適合喜愛日常之謎的人，你快給我去看。」

「我看、我看。我聽過這個書名，一直想著要找機會看。這樣啊，原來是推理小說。」

我捏住眼鏡的鏡腿，湊近書封。那名男子調整拿書的角度，方便我看清楚。

「我剛才在吧檯看這本書，這兩位幾乎同時對我說『那本書很有意思吧』……」

我完全可以想像那個場景，同時很高興槇乃終於恢復到又能爲書本如此忘我的狀態，我忍不住笑起來。那名男子瞇起眼，眼神彷彿在說「這件事不好笑」。

「我先確認甲斐先生讀完了，才找他說話的。」

槙乃氣嘟嘟地解釋。和久將雙臂交抱在胸前，辯解道：

「我也是啊。我可沒有白目到去找看書看到一半的人討論書中的內容。」

「是這樣嗎？」

我這句話不是對槙乃或和久說的，而是詢問他們口中的那位「甲斐先生」。

甲斐先生一臉尷尬，幾次拿下針織帽又重新戴好，清了清喉嚨才開口：

「啊啊，是。嗯，我的確是看完了。到今天爲止，這本書我已看第四遍，就沒有看得很仔細。」

「看吧。」

槙乃與和久異口同聲地說，但甲斐先生又說了「只不過」，繼續道：

「我看這本書時，心裡會有點難受……沒辦法像兩位一樣愉快地談天，眞不好意思。」

現場頓時陷入沉默，冰涼的空氣流動著。栖川停下擦玻璃的手，抬頭望向西洋大鐘。

我跟著望去，才發現快到最後一班上行電車的進站時間了。今天晚上三號月台的特別列車會在野原站停到明天，所以車站會開到比平常的星期五還晚，但甲斐先生打算在「金曜堂」待到幾點呢？他又是為了什麼才待在這裡？

這時，天橋上忽然熱鬧起來，似乎是野原站前面的補習班下課了。臉上滿滿膠原蛋白、稚氣未脫的一群國中生，為了搭上最後一班上行或下行電車，朝月台走去。相較於時間比較吃緊的上行末班車，要搭還有大約二十分鐘才發車的下行電車的孩子們，紛紛被擺放在「金曜堂」門口，女性詩人書展的詩集或最新一期漫畫雜誌吸引而停下腳步，接著又有幾個不是來找書，只是想待在明亮又溫暖的店內的客人，踏進自動門。

醉翁之意不在書的那些孩子直接跑到茶點區。我在距離茶點區最近的書櫃前整理書本，一邊豎耳傾聽大家的對話。

「熱可可。」

「我也要熱可可。要甜一點。」

那些國中生一坐上高腳椅，甲斐先生就站了起來。極其深邃的雙眼皮下，那對眼珠散發出光采，毫無遺漏地從天橋到店內看了一圈。

「你在找人嗎？」

槙乃笑著詢問，他遲疑片刻後才點頭。

「我們約好在這裡碰面……」

「約幾點？」和久探出身子。

「她說晚上補習班下課後就會直接過來，沒有特別講清楚幾點，所以我才來早了……待這麼久，眞不好意思。」

甲斐低頭道歉，和久不耐煩地擺擺手。

「拜託，你不用道歉。設置茶點區就是要讓客人盡情打發時間。比起這個，你剛說對方補習班下課後就會過來，所以你在等的人是學生？」

「對，國中生。我記得今年應該是……國二？」

甲斐先生扳著手指，不太有自信地拉高語尾。和久瞪大雙眼，追問：

「應該不是什麼不可告人的關係吧？」

「阿靖……」

槇乃委婉地制止他，甲斐先生慌張地在臉前搖手。

「是我女兒。」

甲斐先生說，他和早在十年前離婚的妻子之間有一個女兒。

「我女兒跟她媽媽住。我是旅行雜誌和旅遊書籍的攝影師，因爲工作性質的關係，常在國內外到處跑，一年只會和女兒碰一、兩次面──啊，不過這三年我們沒見面。」

「工作這麼忙嗎？」

槇乃關心地皺起眉，甲斐先生回答「這個呀……」，稍微挪動針織帽的位置，搔了搔額頭。

「見不到面，不是礙於工作的緣故，而是我女兒說『不想見到你』。」

原子彈等級的哀傷發言，讓槇乃與和久頓時都說不出話來。這種時候最可靠的，就是平常惜字如金的栖川了。如我所料，他將熱可可端給那些國中生後，就來到我們面前，用悅耳動聽的嗓音說：

「但今天就會見到了。」

「對。女兒突然聯絡我，約在今天碰面。可是，爲什麼呢？這樣反倒讓我很害怕。」

甲斐先生這麼說的時候，整個人眞的在發抖。他的目光再次掃過店內。

「如果她和這些孩子上同一家補習班，應該差不多要來了。」

「眞教人擔心。」

槇乃屏息似地說道，那雙大眼睛透過自動門望向天橋上。我也不由自主地確認玻璃窗外是否有人影。

「酒保先生，我想看那本書。」

在喝熱可可的那些國中生出聲。就算被叫「酒保先生」，栖川連眉毛也沒挑一下，走到那些國中生前面。然後，他轉向吧檯後方，跟餐具櫃、酒櫃並排的書架。

「哪一本？」

「第二層……再左邊一點。對，就是那本紅色書背的。」

那些中學生接過想要的書，雙眼閃閃發亮。

「是《不不幼兒園》耶！我很久以前也看過……」

「很有趣，對不對？小時候每次爸媽念給我聽，我就會纏著他們說『再念一次、再念一次』，結果不知不覺間，有一天就能自己看書了。」

聽到語氣和偶爾流露的神情依舊帶著幾分稚氣的國中生，在那邊說「很久以前」、「小時候」，我差點笑出來，連忙轉向其他地方。我想起自己國中時眞的覺得一天很長、很充實，就算只是一年前的事也像是很久以前了。

我驀地抬起眼，只見甲斐先生正踮腳看吧檯後方的書架。

「在那種地方擺書架？」

「對，那裡是特別的，擺的全是非賣品，讓客人在喝飲料休息時可以看。」

槙乃微笑回答。那副微笑比先前沉穩許多，我不禁鬆了一口氣。甲斐先生肯定不曉得，那座書架上擺的都是槙乃、和久與栖川過去在野原高中的同年級好友，也是槙乃的戀人——已過世的迅的藏書。當中有許多四人所屬的『星期五讀書會』這個同好會選過的書，除了我以外的書店員工似乎都看過書架上每一本書。

我回想著今年夏天的經歷時，聽見槙乃詢問：

「甲斐先生，你看過《不不幼兒園》嗎？」

「啊，有。父母念給我聽過，我自己當上父母後，也曾買給女兒當課題書。」

「課題書？」槙乃反問。甲斐先生的臉上帶著幾分尷尬，笑道：

「我是在女兒四歲左右時離婚的，後來一年只能見上一、兩次面，我很清楚地感受到女兒變得愈來愈像『別人家的小孩』。我原本就不太擅長說話，每次碰面時都不曉得要聊什麼，後來想到的辦法就是課題書。」

不知從何時起，和久也在聽甲斐先生講話，他立刻插嘴：

「就是爸爸和女兒的讀書會吧。」

「也沒有那麼正式。碰面的一個月前，我會寄書過去給她看。我自己也會買一本一樣的書先看過，碰面當天就能互相分享感想。啊，雖然說是感想，但她當時還只是小學生，能講個兩、三句就很不錯了……」

「好棒！」

槇乃啪地拍了一下手，雙眼閃閃發亮。甲斐先生露出靦腆的笑容。

「因爲這樣，未都——啊，這是我女兒的名字——也算是一個愛看書的孩子，大概小學二年級開始，她在我寄書過去前，就會先主動告訴我想看什麼書，以及希望我去看哪些書。」

「透過這樣的方式，可以了解女兒的興趣和喜好，應該很有意思，不是嗎？」

和久半開玩笑地說，甲斐先生又點頭。不過，我沒漏看那張蓄滿鬍子的臉上掠過陰影。

「到《福爾摩斯冒險史》、《器子小姐》這些書還算是可愛，至於《野球少年》，我自己也看得很入迷。不過，她後來就開始都挑些一般小說了——《老人與海》就算了，但她指定要看《麥田捕手》的那一天，我忍不住想：等一下，現在看這個太早了吧。」

「挑戰稍微難一點的書才有意思，這種時期誰都有過。」

槇乃微笑說完，旋即正色問：

「難道《阿春》也是未都提的書嗎？」

「對，那應該是在她小學五年級的聖誕節前。未都特地打電話來說『這個故事非常棒。爸爸，你一定要看』。當時我剛好因為工作待在九州，便飛奔到附近最大的『知海書房』。」

突然聽見我父親擔任社長的書店名稱，我大吃一驚。接著，我從書籍區提高音量問：

「九州的『知海書房』分店的話——應該是福岡店？店裡有庫存嗎？」

我突然插話，和久驚訝得睜大眼，甲斐先生轉頭看向我。

「有。運氣還不錯，買到最後一本。」

「最後一本？啊啊，我記得那陣子《阿春》已發行文庫本，單行本的庫存應該變得很少才對。」

槙乃自問自答後，下行末班車進站的廣播響起。那些在看《不不幼兒園》的國中生慌忙喝光熱可可，把書還給栖川。

「謝謝——」

原本待在店內的其他孩子也像海浪退潮般紛紛走出店門。很遺憾，今天沒有任何一個人買書或雜誌。娛樂的選項無限多，但零用錢是有限的。為了讓他們渴望到願意掏出有限的零用錢，我得在書籍的擺放和挑選上下更大的工夫才行。我又湧出全新的幹勁。忽然間，甲斐先生「啊」了一聲。

茶點區的自動門開了，一名穿著米色風衣的少女翩然走進。桃紅色雙頰和看起來很聰明的寬額頭十分惹人憐愛，吸引了我的目光。

「未都……」

「讓你久等了。」

聽著兩人簡短的對話，我們這些書店員工的視線快速在甲斐先生和少女之間游移。老實說，就算事先知道這兩人是父女，還是一點都看不出來。兩人長得根本不像。對未都而言，這應該是好事吧。甲斐先生的長相陽剛帥氣，但五官中幾乎沒有一個部分適合女孩。

打完最初的兩句招呼後，父女倆陷入沉默。天橋下方的月台，下行末班車進站的聲音響起。甲斐先生驀地抬起頭，問道：

「下行的末班車到了不是嗎？未都，妳不用上車沒關係嗎？」

「沒關係。」

「可是妳媽媽會擔心……」

「她今天值小夜班，還沒有要回家。我說沒關係就沒關係。」

未都的聲音透著幾分不耐，環顧客人都走光的「金曜堂」後，詢問槙乃：

「啊，可是……這裡差不多要關門了嗎？」

「還沒。今天特別列車要在野原站三號月台停一晚，所以我們還會開一段時間。」

槙乃爽朗回答，翻轉手腕比向高腳椅。

「我們店裡也可以喝飲料。妳肚子餓了嗎？要不要喝點什麼？」

未都搖頭，抬頭看向甲斐先生，說道：

「既然都來了，就買書吧。」

「好啊。那未都想看哪本書，我就買同——」

「不用跟我買同一本也可以，早就不玩什麼課題書了。爸爸，你買你自己喜歡的書。」

「啊，是，對不起。」

遭到未都毫不留情的拒絕，甲斐先生像是被主人訓斥的狗狗般垂下頭。看來，他希望再次舉行父女讀書會的美夢瞬間破滅了。甲斐先生和未都各自逛書籍區。店裡空間並不大，兩人幾度錯身而過，也幾度在同一座書櫃前駐足。而每一次，甲斐先生都會把空間讓給未都。未都正值就算一直住在一起也容易因爲各種理由起衝突的年紀，面對這樣的女兒，甲斐先生小心翼翼到令人想掬一把同情之淚。

我在心中揮舞大旗為他加油，同時朝結帳櫃檯走去。

❀

父女倆花了一段時間都挑好了書。甲斐先生拿著《當祈禱落幕時》和《陸王》到收銀台，末都則挑了《天堂》和《堆疊可能》。

和三年沒見的女兒重逢，甲斐先生似乎是太緊張了，一開始說話就停不下來。他說「加賀恭一郎系列」，自己是先從第八本《新參者》看起，然後才回頭找前面幾本來看，還說比對池井戶潤（註）的原著和改編後的日劇很有意思之類的。他連呼吸都捨不得似地說個沒完，我根本找不到適合的時間點問他要不要包書套。

槇乃大概是注意到我的為難，站到我旁邊來，捏起書套紙在甲斐先生面前晃來晃去，又做出包書的動作。

「啊，書套？我要，麻煩你了。不好意思。」

甲斐先生終於停下來喘口氣，排在後面的末都哼了一聲，沒等甲斐先生結完帳，就把自己選的兩本文庫本放到結帳櫃檯上。

去。

甲斐先生接過「金曜堂」的塑膠袋，朝那兩本書的封面瞄了幾眼，未都凶巴巴地瞪回

「有什麼問題嗎？」

「沒有。沒有問題。沒。我只是好奇妳現在都喜歡看哪一類的書。」

「爸爸，這兩本你都沒看過吧？」

「呃，嗯。」

「話說回來，你知道這兩本書嗎？」

「這一本的作者是那個人吧？獲得知名大獎的人，對吧？那個直木——」

「是芥川獎啦。」

被楚楚可憐的美少女用打從心底輕蔑的目光瞪著，真的很恐怖。我暗自顫抖，真心同情起甲斐先生。

我說出加總的金額後，甲斐先生慌忙掏出錢包。

「爸爸買給妳。」

註：池井戶潤（一九六三～），小說家，代表作有《下町火箭》、《半澤直樹》及《陸王》等。

「謝謝。」

未都坦率接受甲斐先生的好意，對槙乃說「我不用書套」。

完成未都來書店的目的「買書」後，甲斐先生不知所措地杵在原地。

「嗯，那麼，爸爸送妳回家吧。我們去車站前面坐計程——」

未都徹底無視他，丟下還在講話的甲斐先生，從容不迫地往茶點區走去。甲斐先生慌忙追上去。

「上行和下行都沒電車了，這家書店差不多也快到打烊的時間了，聽話。」

未都抬起小巧的鼻子，脫下風衣，把內裡的褐色花呢格紋布翻到表面、整齊疊好後，就往高腳椅坐下，並將風衣放在大腿上。接著，她從「金曜堂」的塑膠袋中取出剛剛買的兩本文庫本。她凝視著兩本書的封面一會，挺直背脊，翻開《天堂》。

「未都……」

「不要講話。」

甲斐先生叫她名字的語氣稍微強勢了點，卻遭未都以更強硬的語氣駁回。

「我正在看書。你不要講話，不然我會分心。爸爸，你再去書籍區逛逛不就好了？」

和久坐在吧檯最裡面的位置，在末都看不見的角度做出誇張的表情，教唆甲斐先生「痛罵她一頓」，但甲斐先生無力地搖搖頭。他又走回並排站在結帳櫃檯清帳、整理單據的我和槙乃前面。

「不好意思，可以告訴我正確的打烊時間嗎？在那之前我會把女兒拖出去的。」

甲斐先生陽剛的臉龐，和一再低頭的動作實在太不搭調了，槙乃微笑回答：

「『金曜堂』的打烊時間會隨電車班次變動，其實沒有固定幾點打烊，請不用介意——就算我這麼說，您還是會介意，對吧？」

「對。」

甲斐先生雖然有些不知所措，仍點點頭。槙乃比向後方那扇門，說道：

「那麼，要不要去倉儲室幫我們做點事呢？甲斐先生，我們就先暫定你做完的時候，就是打烊時間，這樣如何？」

「可以嗎？」

「我才要問你『可以嗎』。每天打烊前要做的事多得不得了，如果你願意幫忙，我們是求之不得。倉井，你說對不對？」

「啊，對。沒錯，店長說的是真的。」

槇乃突如其來地徵求我的同意，我不禁誇張地點頭。她沉穩地望著這樣的我，又將目光轉向甲斐先生。

「我猜未都之所以不想回家，約莫是還想和甲斐先生待在一起，或者有什麼她自己的理由才是。所以，我們就盡量多給她一些時間。」

聽見槇乃的這句話，甲斐先生深深低下頭。

分派給甲斐先生在倉儲室做的工作是，檢查下架收進地下書庫當庫存的書本中，有沒有過期書。

過期書就是因爲超過退書期限、有破損或其他各種理由，而不能退回經銷商或出版社的書。一般而言，一家書店愈多這種書，虧損就愈嚴重——實際上，聽說父親的公司「知海書房」也花了很多心思，避免出現過期書。不過在「金曜堂」，這個問題並不大，因爲老闆和久的老家「和久興業」會用定價買下來。對「和久興業」來說，這是一種節稅的方式。事實上，書不太有機會送到「和久興業」，因爲槇乃連過期書都希望盡量放在身邊，甚至在寬廣的地下書庫裡，設置了過期書專用的書櫃。

面前擺了裝滿庫存書籍的兩個紙箱，我先拿三本起來，一邊實際檢查，一邊告訴甲斐先生要注意哪些地方，再退到一旁看著他處理五本，才將剩下的書全交給他。這些工作流程，在這個秋季開始運作登錄制打工後，差不多都已確定下來。當然，甲斐先生學得快，做事又用心，也有很大的幫助。

在安靜檢查書的甲斐先生旁邊，我一一為明天開賣的雜誌夾進附錄。

我先做完就出去了，留甲斐先生一個人在倉儲室，槙乃正在把今天的營業進帳和找錢用的零錢分別收進保險箱並上鎖。現金全部交由老闆和久保管。

和久過來後，槙乃向他報告收支及必要事項，便看向茶點區。栖川站在吧檯裡，毫不在意蒸騰的水蒸氣持續工作。而未都則依舊維持同一個姿勢看書。

「未都，怎麼樣？」

「沒怎麼樣，我就是一直在看書。太專心了，專心到有一點恐怖。連現在下跟爸爸在一起，這裡不是自己家的事也幾乎都忘記了。」

和久撇嘴說完，又用力搔了搔金髮小平頭。

「我要是你爸，就馬上臭罵妳一頓。受不了，到底在顧慮什麼啦。」

「真的嗎？阿靖，面對自己的女兒，你真的也會臭罵她一頓嗎？」

在槇乃那雙大眼睛的注視下，和久退後一步。

「那、那當然是要實際遇到才曉得啦。像那個啊，那個。如果是《阿春》裡『小風』那種女兒，就可以靠溝通來……解決？會解決嗎？」

和久結結巴巴地自問自答，同時抱著保險箱走出店門。

我要去整理書櫃，在店裡穿梭時，恰巧和望著這個方向的未都四目相接。她說不定是在找甲斐先生，我想告訴她「在倉儲室喔」，但她很快又將目光移回書上。

整理完應該是那些國中生弄亂的雜誌後，我走到文庫本的書櫃，忽然想到剛才未都買的《天堂》和《堆疊可能》要補書，甲斐先生可能會想買。要是店裡沒有，就去地下書庫拿庫存的書上來。我的目光在「か」（KA）行和「ま」（MA）行的作者櫃位這一帶搜尋。

我馬上就發現了插在書本之間的稻和半紙（註）。A4大小的紙張對折了兩次，剛好變成和文庫本差不多大的尺寸，從《深夜中所有的戀人們》和《頭腦是無限大的，世界咚地掉進來》之間探出頭，簡直像是爲了讓人一眼就能辨識出位置而夾的書籤一樣。我毫不遲疑地抽出來，一邊想著稻和半紙的顏色和觸感眞令人懷念，一邊攤開，心臟猛然一跳。

因爲最上面印著「出路志願調查」。姓名欄中，瘦長又有個性的筆跡寫著「甲斐未都」。

——未都現在還是用「甲斐」這個姓氏啊。

這是第一個竄進腦海的念頭，但我隨即陷入困境。因爲我看見姓名欄下方第一個問題提供的「升學」或「就職」兩個選項中，「就職」被大大圈了起來。

——這要怎麼辦？我該還給未都嗎？還是拿給監護人甲斐先生才好呢？啊，監護人是她母親吧？

我手足無措、不停向左轉又向右轉時，在結帳櫃檯的槙乃叫住我。

啊啊，有槙乃在，得救了。我跑過去時簡直都要流淚了。

槙乃從我手中接過未都的出路志願調查表，看了好半晌後，雙手交抱胸前。

「這才寫到一半吧。」

「咦？」

槙乃伸手指的地方，我剛才根本沒有注意到。

「對啊，你看，就職單位明明可以寫三個志願，但那一欄是空白的。」

註：原文「藁半紙」，為日本的學校以前常用來印考卷的紙張，所以會有種懷念的感覺。

「可能還沒決定？」

「有可能，但說不定……」

槇乃的話斷在這裡，她轉過頭，注視著倉儲室的門。

她正要朝門把伸出手的瞬間，門就開了。

「我檢查完了。沒有過期書，太好了。」

甲斐先生興高采烈地說。儘管只是幫忙，但完成一項工作的成就感，似乎讓他心情振奮不少。槇乃有禮地道謝後，說著「請過來一下」把甲斐先生又推回倉儲室，我慌忙跟進去。

甲斐先生一手拿著槇乃遞來的未都的出路志願調查表，一手用拇指揉著深邃眼窩的周圍。

「國中畢業後的出路是就職嗎？」

他露出顯而易見的疑惑，輪流看向我和槇乃。

「怎麼樣呢？現在很多小孩國中畢業就去工作了嗎？」

「不用去想現在的小孩怎麼樣吧。比起那個，你不會好奇未都爲什麼要把這張出路志願調查表插在『金曜堂』的書櫃裡嗎？」

「啊啊，真的是。沒錯，我是很好奇。」

甲斐先生沉默了好半晌，沒自信地開口：

「會不會是……不想拿給媽媽看？」

「唔，如果是那樣，乾脆丟進垃圾桶比較保險吧。都寫上學校名稱和姓名了，書店員工可能會打電話到學校去。」

「啊，對耶，妳說的沒錯。」

甲斐先生啪地拍了下額頭，臉皺了皺。針織帽歪了，露出算是寬廣的額頭，額形意外地和未都很相似。

「這張紙放的方式與其說是想藏起來，更像在大喊『快找到我』。夾在川上未映子（註）的作品之間。」

聽了我的話，甲斐先生詫異地睜大雙眼。

「難道是希望我找到嗎？」

註：川上未映子（一九七六～），小說家、詩人，曾經是歌手。代表作有《乳與卵》、《夏的故事》及《天堂》等。

「啊，八成是這樣沒錯吧？她剛才會趕你去書籍區，就是爲了這個理由……？」

「未都應該是猜想甲斐先生會爲了找她買的書，在擺放川上未映子和松田青子（註）作品的那一區書櫃附近晃來晃去吧。」

槙乃和我對望一眼，點點頭。我想起剛才整理書櫃時，未都望著這個方向的眼神。說不定那是因爲應該要找到她藏起來的出路志願調查表的甲斐先生不見人影，而感到焦慮的眼神吧？

「可是，爲什麼？」甲斐先生偏頭問。槙乃推了他背後一把，說道：

「就是爲了弄清楚這件事，兩位今天才會碰面的。一定沒錯。」

甲斐先生踉蹌地向前走了兩、三步，手中緊握著那張出路志願調查表。槙乃開朗的聲音支持著那個背影：

「今天還沒有要關店喔，請不用擔心。」

✿

「你爲什麼要說這種話？」

近似哀號的聲音響起。

從倉儲室拿椅子出來，一直坐在結帳櫃檯折書套的我，和隔壁一樣坐著檢查帳本的槙乃，面面相覷。

槙乃考量到兩人的談話內容比較私人，便讓甲斐先生和末都單獨坐到吧檯。當然，我們也都還在店裡，甚至栖川就在吧檯另一側，距離近到只要他有意願，隨時都能聽見兩人的談話內容。總之，先讓兩人保有一個單獨談話的空間。自那時起，大概還過不到十五分鐘。

我瞄向茶點區，橘色燈罩下，末都從吧檯的高腳椅下來了，雙肩憤怒得顫抖。另一方面，甲斐先生依然坐在旁邊的高腳椅上，背對著我們，面向末都。他好像正在說些什麼，但聲音太小，這邊聽不見。吧檯上擺著一張稻和半紙，看起來是出路志願調查表。父女倆多半是爲此起了衝突吧。

和久還沒回來，吧檯裡的栖川似乎打算要貫徹事不關己的不沾鍋態度。

「你是笨蛋嗎？」

註：松田青子（一九七九～），小說家、翻譯家、童話作家，曾經是演員。代表作有《堆積可能》及《幽女出沒的地方》等。

未都又叫了起來，情緒比剛才更激動了。我和槙乃幾乎同時站起身。

「啊……好累。累死了。休息一下。」

槙乃一邊用小巧的拳頭輕捶自己的肩膀，一邊走到平常都被和久霸占、最裡面的那張高腳椅坐下來。我則在她旁邊（更靠近甲斐先生他們一點）坐下來。

「晚上很冷吧。」槙乃朝未都一笑，向栖川舉起手。

「栖川，麻煩你做點熱飲。啊，連同甲斐先生和未都的份一起。」

栖川稍稍側頭思考，但菜單想必早就決定了吧。他微微點頭，蹲下從烤箱拿出什麼東西放進鍋裡。接著，他又從冰箱取出奶油，隨意目測分量便丟入鍋裡。栖川做菜的動作和手法都很優雅，沒有一絲多餘之處，因此我有種像是在觀賞芭蕾舞或歌劇的感覺。當然，栖川並沒有載歌載舞。

在栖川替鍋子點火時，槙乃才終於轉向甲斐先生，關切道：

「怎麼了？」

「不，我只是……」

「贊成未都在考慮的出路。」

未都用清澈的聲音接下去。她看向我和槙乃，挑釁地哼了一聲。

「妳爸爸贊成，妳很困擾嗎？」

我慎重詢問，未都沉默地將那張出路志願調查表朝我推過來。

我瞥了一眼就發現紙上填有答案的地方顯然變多了。出路志願（對圈選了「就職」的未都而言是就職單位）的第一志願到第三志願都填好了。想必是未都在甲斐先生面前寫的。

「第一志願：在京都當舞妓

第二志願：在京都當舞妓

第三志願：在京都當舞妓」

「換句話說，未都只考慮要『在京都當舞妓』，對吧？」

槇乃從我旁邊探頭看向那張稻和半紙，態度自然地問。語氣不輕不重，不帶任何情緒，就像是單純陳述事實般恰到好處的口吻。

未都像是愣住了，雙眼眨呀眨，用力點頭。

甲斐先生含糊不清地說：

「所以我不就是贊成……」

「一般才不會贊成。」

方才面對槙乃的坦率消失無蹤，未都氣憤地怒吼。

「你是當爸爸的人吧？聽到小孩要選擇不切實際的未來出路，你一點感覺都沒有嗎？不會擔心嗎？不會想要說教嗎？也不會至少問一聲爲什麼想要做這個嗎？你是當爸爸的人吧？」

未都桃紅色的雙頰都燃燒成豔紅色了，甲斐先生卻只是一直垂著頭。

「你說點什麼啊！」未都繼續逼問，甲斐先生呼出一口氣。

「就算妳叫我說點什麼，可是……未都，那是妳自己的未來。」

「看吧，出現了。一切都尊重孩子的意願，這種話聽起來很漂亮，但到頭來就是逃避身爲父母應盡的義務罷了。根本就是放棄養育的責任，沒錯吧？」

未都接二連三說出重話，甲斐先生就像一隻淋成落湯雞的喪家犬。他艱難地抬起眼皮，看向未都。

「那我反對就行了嗎？」

「只有贊成和反對兩種選擇是怎樣！」

「妳媽怎麼說？她反對嗎？」

「跟媽媽沒有關係吧！」

那聲音已接近尖叫。甲斐先生就不用說了，連我、槙乃，還有正將攪拌器插進鍋中來回攪動的栖川，全都停下動作。未都見狀，眼睛裡的光彩徹底暗了下來，臉色漸漸變得蒼白。她單手扶住和父親很像的額頭，低聲說「算了」。

「未都？」

「爸爸永遠都不懂。我的心情，你根本不懂。讀《阿春》那時候也是……」

一聽見那個書名，甲斐先生的喉結微微震動，擠出聲音：

「不是所有爸爸都像《阿春》裡的爸爸那樣。那是幻想。」

像是要覆蓋甲斐先生的話，栖川在他面前放下湯杯。淡淡的甜香飄了過來。

「地瓜濃湯。太宰實彩子女士的田裡收成的地瓜。」

栖川以優美的嗓音說明，逐一在槙乃、我和未都面前擺上湯杯。然而，未都連看都不看一眼。她應該是沒辦法轉移目光吧。那雙眼睛宛如月夜下的湖泊晃動著，彷彿下一刻淚水就要湧出來。

「看吧，出現了。『《阿春》的內容是幻想』這句話。我是第二次聽到這句話了。」

未都應該是氣到想出言諷刺，但她強忍著淚水，聲音纖弱地顫動，愈來愈小聲。甲斐先生還來不及說什麼，未都就猛地轉過身，匆匆將一直放在高腳椅上的風衣展開來穿上，抱起斜背書包，朝自動門跑過去。

「未都，等一下！」

「未都，妳的外套……」

即使甲斐先生叫她、槙乃叫她，她都沒有停下腳步。等不及自動門開到底，未都就扭轉纖細的身軀踉蹌走出去。

然後，相撞了。

未都宛如彈力球般彈開，在天橋那一側穩穩抱住她的人，是甩動著小平頭金髮的和久。

「太危險了吧。不准突然衝出來。」

我們全都鬆了一口氣，但下一瞬間，未都又掙脫和久的手臂，衝回店裡。

「喂，怎麼回事？在玩捉迷藏嗎？我是鬼嗎？少無聊了。而且，那件外套是怎樣？妳穿反了吧？」

在場唯一搞不清楚狀況的和久指出外套穿反的事實，我不禁在內心質疑他：現在講這個好嗎？沒想到正處於介意自身外貌和打扮年紀的未都，頓時停下所有動作。

她戰戰兢兢地低頭往下看，才終於發現咖啡色毛呢格紋內裡翻到外面了。這下未都不光是雙頰，整張臉都變成桃紅色。

「哇哈哈，咖啡色毛呢格紋的外套，根本就是『小風』嘛。」

現在講這個好嗎？我又不禁這麼想。和久完全沒察覺現場結凍的氣氛，一臉訝異地提高聲音：

「怎樣啦，你們聽不懂喔？就是《阿春》裡的『小風』啊。」

「《阿春》的封面上，『小風』還戴著貝雷帽。」

甲斐先生很配合地接話，和久卻冷笑反駁：

「沒戴啦。」

「沒戴喔。」

未都也用怒火中燒的雙眼瞪著甲斐先生，說出與和久一致的意見。

「呃，可是……」

「不要隨便亂講。爸爸，那才是你的幻想吧？」

甲斐先生正要從登山背包掏出自己那本《阿春》，我們的注意力都集中在他身上，未都趁機衝進倉儲室。從門內側上鎖的聲音響起。

「喂，妳幹什麼？」

和久慌忙跑到結帳櫃檯後方，使勁敲門。然而，未都完全沒有要開門的意思。和久在門前吼叫了一陣子，才終於轉向我們。

「現在是緊急狀況嗎？」

這個嘛，該怎麼解釋才好？我爲難地望向槙乃，槙乃的眼睛眨都不眨，直盯著半空中的一點，手指又纏起頭髮。看來她正在思考。

我轉向吧檯裡的栖川，投去求助的眼神。栖川依然站著，正優雅地品嘗地瓜濃湯。他察覺到我的視線，放下湯杯。

然後，他像變魔術一樣，緩緩從圍裙口袋掏出鑰匙。

「倉儲室的鑰匙？」

和久用嘴型詢問。栖川點頭，酷酷地說「不出我所料」。

在實質上已打烊的店內，我們這些書店員工團團圍住甲斐先生。

「反正我們有鑰匙，只要你想，隨時都可以強硬打開倉儲室的門，把她帶出來。所以，接下來就愼重行事吧。」

終於了解情況的和久這麼說，栖川和槙乃跟著點頭。只有甲斐先生一個人臉色凝重。

「你說要『愼重』，但我不知道該說什麼，也不知道該怎麼面對她才好……」

和久大大嘆了口氣，苦笑道：

「就算結婚，生了小孩，當時我也沒有建立家庭的意識。吃喝嫖賭我都不碰，但我很喜歡攝影師這份工作，正因爲喜歡，相對地花了很多心思，腦中經常只有這件事，全心都投入在工作上。明明妻子也是護理師，有她自己的工作，我卻把照顧小孩和整個家的責任全部丟給她。結果有一天突然——覺得突然的可能只有我吧——妻子提出要離婚。」

甲斐先生繼續說：

——現在回頭看，十年前的那一天，我就被宣告是個不合格的父親了，對吧？

大家都說不出話來，畢竟在討論「合格」、「不合格」之前，現場所有人都是還完全不了解「成爲父母」和「擁有家庭」是怎麼回事的單身人士。

這時，原本一直沉默不語的槇乃高高舉起手，開口：

「如果你願意，可以詳細解釋一下剛才未都說的『《阿春》的內容是幻想』，是什麼意思嗎？」

甲斐先生像被踩到痛處似地抿緊嘴巴，片刻後才輕輕呼出一口氣。

「那本書的故事不是描述在最愛的太太過世後，年輕爸爸『阿春』拚命養育獨生女『小風』長大嗎？從她讀幼稚園到結婚爲止，爸爸工作之餘，任何事都是最優先考慮到女兒。那個爸爸爲生活奮鬥的身影實在太過耀眼，太令人羨慕了，恰恰戳到我自卑的地方……所以當未都跟我說『《阿春》很好看吧？』，希望我附和她時，我忍不住就說出口了。」

——很好看喔。可是『阿春』的內容只是一種理想。不，該說是一種幻想。現實中不太可能眞的有那種爸爸。

甲斐先生的表情扭曲，彷彿小學五年級的未都此刻就站在眼前。一年只能見到女兒一次或兩次，卻在難得的碰面機會中傷了她的心。他因缺乏身爲父親的自信而講錯話，就算事後想收回那句醜陋的失言，接下來的三年卻都沒有機會。在那三年中，他和女兒之間的距離加速拉開。結果，他身爲一個父親的自信和決心變得更加稀薄。後悔與絕望先是轉爲焦慮，最終又變成了放棄。甲斐先生的臉上不斷浮現出各種情感。

槙乃原本一直專注地望著甲斐先生。不久，她將手插在腰際，用力點頭。

「甲斐先生，你沒有看見未都最希望你看的部分。應該說，你也看不到。」

「什麼意思？」

槙乃比手勢請他「在原地等」，獨自跑去書籍區。

她從「は」（ＨＡ）行作者的書架上抽出《阿春》的文庫本，又小跑步回來。

「那本書我有，而且我今天才又看過一遍。」

甲斐先生有些不高興地說。槙乃緩緩搖頭，應道：

「不，你沒有看過《阿春》的文庫本，對吧？」

我、和久跟栖川輪流望向槙乃和甲斐先生。甲斐先生的視線則落在剛才從登山背包掏出來的自己的那本《阿春》。

「我看的確實是這本單行本，可是……」

「對了，未都應該只看過文庫本。啊，阿靖也是。」

「咦？嗯。妳怎麼曉得？」

「因爲封面的『小風』啊。」

槙乃露出微笑，把自己手中的文庫本和從甲斐先生手中接過來的單行本擺在一起。仔細比對後，所有人都發出「啊啊」地驚呼。

文庫本的封面上，坐在『阿春』肩膀上的『小風』，頭上什麼都沒戴。相對地，單行本封面上的『小風』戴著一頂小巧的貝雷帽。兩者的差異一目瞭然。

「甲斐先生，你和未都剛才不是一個說『小風』有戴貝雷帽，一個說沒戴嗎？聽見你們這樣講，我猜想可能是這麼回事。」

「哎呀呀，妳還是一樣只對書很敏銳。」

「『只』是多餘的。」

槙乃朝著和久噘起嘴，隨即又恢復和藹可親的表情，看向甲斐先生。

「所以，請你看一下文庫本的《阿春》吧。」

「有差這麼多嗎？」

甲斐先生小心翼翼地接過文庫本翻開，發出「啊」地驚呼。

「〈文庫版後記〉，怎麼會有……」

「沒錯。只看那裡也可以。請你看一下。」

甲斐先生點頭，在高腳椅坐下。栖川重新溫熱地瓜濃湯，再端上桌給他。

我不希望吵到甲斐先生看書，盡量壓低聲音說：

「南店長，我也想要買《阿春》，店裡有庫存嗎？」

「應該有。這本書算是滿常賣出去的。」

槙乃說著掉頭走回書籍區。害她又得跑一趟，我心裡有點抱歉，便跟了上去。朝那個嬌小的背影提出一連串問題。

「還有，從〈後記〉開始看也可以嗎？現在我也想要先看那部分。」

槙乃停下腳步回過頭，注視著我的雙眼，笑著點頭說「可以啊」，而後從書櫃下方的抽屜拿出庫存的一本《阿春》給我。

「今天清完帳了，明天再付錢沒關係，你先看吧。」

我點點頭，目光落在只要看過一次就不會忘記，簡單而雋永的封面上。

〈後記〉從作者和推理小說的緣分講起。對於在「**小學的圖書室**」中找到的「**針對小朋友重新改寫過的福爾摩斯系列小說中出現的偵探這種職業**」十分憧憬的少女，就如同作者自己寫的那樣「**普通**」，令人看了忍不住面露微笑。她正是任何時代都有的那種熱愛書本的孩童。

然而，長大成人後的作者說明自己小時候爲何會深受推理小說吸引的那段文字，我沒辦法立刻消化，重看了三遍。

「**看著偵探在那些故事中以優美的邏輯解開謎團，重新讓一切又恢復井然有序，對當時的自己來說也是一種救贖。**」

希望自己身邊的謎團能解開，使秩序得以恢復。擁有這種殷切渴望的孩童是少數。至少，並不「**普通**」。

作者小時候腦中盤旋不去的疑問當中，有早熟的疑問，也有普世性的疑問，但我印象最深刻的是作者個人的疑問。那甚至如同吶喊般的疑問，沉甸甸地壓在我的胸口上。

「為什麼應該是彼此相愛才結婚的父母，總是在爭吵呢？」

我讀完整篇〈後記〉，闔上書，再看一次封面。年輕爸爸和坐在他肩膀上的小女孩，眺望著黃昏的天空。他們看的應該是在天空另一頭、已過世的媽媽吧。即使離開了這個世界，依然活在這對父女心中的媽媽。

我把書翻到背面，只要看故事簡介就會曉得，《阿春》這部推理小說，是在描寫家人互相關愛、互相幫助的故事。父母爲女兒著想，女兒爲父母著想，丈夫爲妻子著想，妻子爲丈夫著想。

這樣美好的關係圖，有些人當成理想暗自憧憬，有些人視爲理所當然，有些人則認爲不可能而一笑置之。或許也有些人，內心苦澀得像舔了苦汁一般。換句話說，就是從家庭的**「普通」**落選的那些人。比方說，我。

——家人是那麼美好的存在嗎？

無法光明正大問出口的疑惑，一直深藏在我的內心。很遺憾，我不具備從推理小說中找出生存之道的聰明頭腦，小時候只能不斷努力讓自己的感覺愈磨愈鈍。

〈後記〉的最後寫著**「編撰故事很像是在祈禱」**，讀到這裡我不禁心生認同，這句話應該是真的。因爲看推理小說而找到**「某一種救贖」**的作者，如今自己也在寫推理小說，並在故事中安排了相互體諒的家人。

《阿春》裡蘊含著作者自身的祈禱，那個祈禱不僅拯救了讀者，拯救了作者自己，還擦亮了我早已生鏽的內心，敲響希望之鐘。

我想要趕快看這個故事。

但在那之前，今晚，星期五的晚上，有一對父女需要救贖。

❀

甲斐先生和我幾乎同時看完〈後記〉。他、我、槇乃跟和久都來到倉儲室的門前。栖川則留在吧檯。

甲斐先生遲疑地敲門後，隔著門板告訴末都，今天晚上他第一次看到《阿春》文庫版才有的後記。

「末都，在看這篇〈後記〉之前，我一直以爲妳純粹是想要一個像『阿春』那樣的爸爸。我一直以為，妳是在暗示我要成為誠懇又善解人意，從不放棄了解彼此，無論工作或家庭都全力以赴的『**春日部晴彥**』——可是，其實妳不是那個意思，對吧？未都，妳之所以會說『這個故事很棒』，向我推薦這本書，是因為故事設定本身就很有趣，再加上故事中蘊含著作者對於家庭破碎的族群溫柔的『**祈禱**』，不是嗎？我竟然說這是『幻想』，眞的很抱歉。」

甲斐先生停下來，片刻沉默之後，門無聲地開了。不需要用到和久為防萬一先跟栖川拿來藏在口袋裡的鑰匙，未都自己主動打開門。

未都抬頭看向甲斐先生，寬額頭亮了起來。

「爸爸，你之前看的都是《阿春》的單行本嗎？沒有〈後記〉嗎？」

「對，我沒有說過嗎？」

「你沒說，我也沒問。」

未都低聲說完，思考片刻，又呢喃：

「不是幻想喔。」

「嗯。」

「因為，我們家就有『**阿春**』。媽媽就是『**阿春**』啊。她全心全意地照顧我，總是站在我的立場爲我著想，不吝惜把自己的時間分給我，尊重我的意願，全面支持我。連爸爸的份也一肩挑起。」

聽到未都最後一句話，甲斐先生倒抽一口氣。

「抱歉……」

「你不用道歉。媽媽是自己決定要同時扮演父親的角色才離婚的，所以那本來就是媽媽分內的責任，不是嗎？」

未都分得一清二楚，反倒讓甲斐先生感到有一點寂寞吧，他的表情相當複雜。看著甲斐先生的神色，未都主動開口：

「不過，爸爸，你認爲在《阿春》的故事裡，每次遇到什麼困難時，把亡妻『**琉璃子**』當成心靈寄託的只有『**阿春**』一個人嗎？」

「咦？」

「這是我自己的想像啦，但我覺得『**小風**』也是有向『**瑠璃子**』求助的。」

甲斐先生雙手交抱胸前，回想今天才又再看過一遍的《阿春》故事內容。不久，他點頭回答「說不定眞是這樣」。

未都的臉龐頓時亮了起來，雙頰的桃紅色更深了。不過，她的視線垂落地面，一句話也沒有說。

甲斐先生愣在原地，槙乃趕緊叫他：

「未都的『**瑠璃子**』，該你出場嘍。」

「啊，我？我是未都的『**瑠璃子**』？咦，我可以嗎？只是個不合格的爸爸的我？」

甲斐先生驚慌失措，未都定定望著他。

「沒有所謂的好壞，也沒有所謂的合格不合格。畢竟我的爸爸，就只有爸爸你啊。」

未都第一次說出口的眞心話，肯定拯救了甲斐先生。他眼底的陰霾頓時消失無蹤，神色愈來愈明亮。面對未都，甲斐先生的表情透著幾分緊張、幾分欣慰，那大概就是所謂的「父親的表情」吧。

「妳願意告訴我嗎？」甲斐先生說著，伸出手。未都雙手握住他的手，從倉儲室奔出來。

我們帶著未都一起回到吧檯，栖川瞇起那雙藍眼睛，說了句「宵夜」，就爲每個人端上味噌湯和用土鍋炊煮的牡蠣舞茹炊飯。未都驚訝地說，這些是《阿春》裡出現的菜色。

栖川總是佯裝不知情，但一切都「不出他所料」吧。

未都斷斷續續地述說自己的煩惱。

未都從小學起，就具體地考慮「在京都當舞妓」這條出路，透過許多人居中牽線，終於在今年暑假和母親一起去專門培訓藝妓的置屋接受老闆娘面試。面試結束後，對方表示「隨時歡迎妳過來」。

「我原本是打算國二的第二個學期結束就去京都，在那裡一邊當學徒一邊把國中讀完。置屋的老闆娘也說『這樣好』。」

未都模仿置屋老闆娘說話，語調中帶著些許京都腔。

對於自己做出的決定，未都全部用過去式陳述。這一點想必大家都注意到了，但沒有人點破。

「可是，媽媽她……」

「反對嗎？」

聽見甲斐先生的問題，未都劇烈搖頭。

「怎麼可能。她可是我們家的『**阿春**』，不可能會反對。我想她一定很擔心，卻還是笑著跟我說『加油』，全力支持我。」

「那不就……」

甲斐先生正要放心時，未都激動地傾訴：

「媽媽這麼支持我，我卻忽然害怕起來。我跟爸爸有些地方很像，到時候一定會全心投入舞妓的工作。要是工作要求嚴格，很辛苦，反而會激發出我的鬥志，讓我覺得更有成就感，更開心。這樣一來，我肯定會寧願減少和媽媽相處的時間，也想專注在工作上。可能會一直待在京都也說不定。十年前是爸爸離開家，這次換我要離開家，我們家的三個人都各自生活——這樣的話，家不就散了嗎？一想到這件事，我就害怕得不得了。」

未都清澈的聲音突然打住，眼眶盈滿透明的淚水，但這次也沒有流出來。這孩子肯定至今都是如此堅強地活過來，今後也會如此活下去吧。

「我不希望家裡再有人離開了。我不想再經歷這種事，也不想讓媽媽再經歷一次。可是，媽媽一定不會反對我追求夢想，要是她知道女兒爲了自己放棄夢想，一定會很難過。所以，爸爸，我只能靠你了。」

「我？」

「嗯。爸爸，我希望你反對我的出路志願。我希望你叫我不要去京都，不要去當什麼舞妓，不要丟下媽媽一個人。」

未都一口氣把內心的話全部傾吐完，就說「我開動了」，吃下一大口炊飯。甲斐先生凝望著她因咀嚼而不斷鼓動的臉頰，不發一語。不過，她的臉上已不再有束手無策的神情了。

「未都，妳媽現下在哪裡？」

「跟媽媽沒關係吧。」

未都叫了起來，但甲斐先生不再退縮，平靜應道：

「有關係喔。因爲這是我們全家的事情。可以讓我聯絡媽媽嗎？只要媽媽願意，我希望三個人可以坐下來談。」

未都喝了一口味噌湯，才鼓脹雙頰，不高興地說出一串電話號碼。

「她今天是値小夜班，應該差不多要到家了。我有留紙條告訴她『我今天會跟爸爸碰面』。」

「我知道了，我打通電話給她。」

「我們店裡訊號頗差，手機很難接通。如果你不介意，請用倉儲室裡的市內電話。」

槇乃站起身，帶甲斐先生過去。

留在原地的我、和久與栖川，把未都圍在中間。

「妳從小學就決定要當舞妓了嗎？」

和久語氣輕鬆地問，未都肯定地點點頭。

「妳怎會這麼小就知道有舞妓這種職業？是在電視上還是在什麼特輯裡看過嗎？」

「不是，我是在書上看到的。一開始我是嚮往舞妓穿的和服和京都腔，於是拜託媽媽讓我學日本舞踊。上課眞的很開心，夢想才慢慢轉換成現實的目標。」

未都流暢地回答，喝光味噌湯。

「濃湯也還有。」

栖川雙手端起鍋子給她看鍋內，未都雙眼綻放出光芒。栖川十分善解人意，沒聽未都的回答就先幫鍋子點火加熱了。

未都的媽媽，同時也是甲斐先生前妻的那名女子，開著自家汽車飛快趕來「金曜堂」時，日期剛換了一天。槙乃和站員打過招呼，加上特別列車也才剛進站，因此不用特地向站長說明情況，她就順利通過驗票閘門了。

自動門開啓，那名女子一踏進店裡，就低下頭。

「我叫田鍋佐智惠。眞抱歉，未都給各位添麻煩了。」

不是甲斐先生那種沒頭沒腦、畏畏縮縮的「不好意思」，而是足以作爲孩子的榜樣、努力生活的成熟大人的謝罪方式。

我趕緊招呼她，佐智惠女士才抬起頭，左右張望。

「那個……未都呢？」

「未都和甲斐先生在地下休息。我們老闆說，如果要好好談，那裡比店裡更適合。」

「地下嗎？」

佐智惠女士注視著腳邊的地板，疑惑地偏頭。百聞不如一見，我率先邁出腳步。

「書店的其他員工也都完成工作，待在那裡了。我們會避免打擾你們談話。」

「別這麼說……是我女兒打擾大家了，還有……」

佐智惠猶豫片刻之後，才愼重補上「甲斐也是」這一句。從她沒有用「前夫」這個字眼，足以窺見她對甲斐先生複雜的情感。

「他們兩個的情況怎麼樣？未都爲什麼會來這裡找甲斐商量出路……？」

「這些事你們待會可以在地下慢慢聊。啊，至於甲斐先生和未都的情況，一開始兩個人都有一點尷尬，但隨著時間過去，現在自然多了，看起來就像一對父女。」

佐智惠女士鬆了一口氣，說「太好了」。我聽著她的回應，打開倉儲室的門。

看見沒有窗戶的狹小室內，佐智惠女士再次疑惑地偏頭。我蹲下來，拉起固定在地板上的把手，她偏著頭，上半身後仰。

「從這裡去地下嗎？」

「對。請從那個架子上拿手電筒，跟在我後面。」

我把手電筒的光線對準一片漆黑的樓梯，開始往下走。後頭的佐智惠女士，即使被帶著在令人完全失去方向感的黑暗中不斷向左走向右走，也沒有特別驚惶失措。

「妳很冷靜呢。」我不禁感到佩服。佐智惠女士爽朗的聲音在後方響起。

「才不，完全不。其實我心臟一直怦怦跳。而且我是第一次來到這種地方，感覺好像鬼屋，心裡超害怕的。」

「眞的嗎？」

「眞的。只是因爲我工作性質的關係，已習慣控制自己不要表露出慌張的一面而已。」

隔了一會，佐智惠女士又加上一句。

「可能還有單親家庭的緣故吧。我不想讓女兒感到不安，於是愈來愈擅長假裝冷靜。」

「是好媽媽呢。」

我坦率地將自己的想法說出來，佐智惠女士說「謝謝」，有些靦腆地笑了。她笑的方式就像少女一樣，我才突然發現一項理所當然的事實，沒有人是一生下來就是做父母的。

驀地，父親的臉浮現在我的腦海。他作爲經營者和一個人本身的存在感太過鮮明，反倒讓我不知道該怎麼評價他爲人父的一面。接著我想起母親，我對她的認識實在太少，評價一直只是張白紙。很快地，她的臉又從腦海中消失。

恍神沒有專心走路的結果，就是我差點在最後那段狹長樓梯摔下去。

「欸，小心。」

佐智惠女士叫了起來，用手電筒照亮我的腳邊。我像甲斐先生一樣道歉，「不好意思」。

數十根日光燈同時點亮，不爲人知的地下鐵月台上，成排的鋁製厚重書櫃映入眼底。佐智惠女士的眼睛眨個不停，嘴巴張得開開的，但話聲果然還是十分沉著。

「眞不得了。」

「這是因戰爭而中止的野原町地下鐵計畫遺留下來的產物，後來改造成『金曜堂』的書庫。」

「真是一家夢幻的車站書店耶。」

佐智惠女士好奇地看著近旁的書架，又忽然回神似地左右張望。

「未都他們就在這裡嗎？」

「不。他們不在書庫。未都和甲斐先生，還有書店的其他人，都在和久——不，在我們老闆的爺爺的別墅。」

「地下書庫之後是地下別墅嗎？」

佐智惠女士抿起嘴，像是堅決發誓不管再聽到什麼都不會驚訝一樣。我走到月台的最外側，先確認安全無虞才謹慎地往鐵軌一跳。

「別墅要從這裡沿著鐵軌走過去。」

「不會有夢幻的電車開過來吧？」

「不會啦，沒那麼多夢幻的裝置。」

我點點頭，伸出手。佐智惠女士說「麻煩你了」，把手交給我，意外身輕如燕地跳下來。

我們走在鐵軌的旁邊，沿著那道朝左側緩緩劃出的弧線邁出腳步。眼前出現隧道的入口。隧道裡的黑暗更深、更濃。腳步聲的回音在耳裡轟隆作響，佐智惠女士突然說：

「未都也有經過這裡嗎？她沒事吧？她膽子其實滿小的。」

「是這樣嗎？」

「看不出來吧？她在外面就會逞強，眞不知道是像誰。」

「甲斐先生和書店其他人都在旁邊，她可能也是逞強裝沒事。」

「呵呵呵，其實她心裡一定很想緊緊抱住誰的手臂吧。」

佐智惠女士提到未都時，語氣聽起來十分幸福。

我們一面交談一面向前走。過了一會，我察覺前方的黑暗隱約有些不同，停下腳步。想著差不多該到了，我伸出手，碰到像是塗成黑色的牆壁的物體。

我請佐智惠女士待在原地不要動，我稍微退後，在鐵軌上蹲下來，摸索著開關。找到位在鐵軌內側的開關，按下去後，一陣鈴聲響起。

那面黑色牆壁發出巨大的聲響，向旁邊滑開，一大片光線照射過來。

好不容易習慣亮光後，約莫是看見蓋在鐵軌上，有鋪瓦屋頂的雙層房屋，佐智惠女士一直很沉穩的聲音，第一次激動起來。

「這是什麼？會行駛的房子嗎？」

「只是蓋在鐵軌上而已，不會行駛。這裡是老闆的爺爺的私人別墅，也是地下避難所。」

在我說明時，日式房屋的玄關格子門拉開，未都走出來。

「媽媽！」

佐智惠女士朝未都身後的甲斐先生，輕輕低頭致意。

「給你添麻煩了。」

「我在電話中說過了，一點都不麻煩。畢竟未都也是我女兒。」

語畢，他旋即道歉：「不過，現在才說這種話太遲了，對不對？妳心裡一定會嘀咕，不要只在自己高興時才出現，是吧？關於這一點，實在不好意思。」很像甲斐先生的作風。

在未都的催促下，佐智惠女士走進門，脫鞋踏進別墅。我也跟著進去。

走過一小段咿呀作響的木板走廊，進入拉門敞開的房間。在看起來像是會客室的空間，壁龕裡掛著一幅畫著紅色山茶花的卷軸。

在約八張榻榻米大的地面上，已擺好所有人的坐墊。槙乃、和久跟栖川坐在拉門附近。未都坐在甲斐先生和佐智惠女士中間，我則往剩下的那個坐墊坐下。

「嗯，關於未都將來的出路……」

甲斐先生拿著那張出路志願調查表欲言又止，佐智惠女士動作俐落地抽過來瞄了一眼，轉向未都，點點頭。

「我之前不是說過了嗎？我贊成喔。」

「但爸爸反對，對吧？」

未都朝甲斐先生投去懇求附和的目光。甲斐先生不知該如何回答，佐智惠女士見狀，皺起眉頭。

「甲斐，你知道未都當初想成爲舞妓的理由是什麼嗎？」

「不知道。」

「她說是看書喜歡上美麗的和服，然後媽媽讓她去學日本舞踊，她就迷上了。」

一旁的和久轉述未都說過的話時，佐智惠頻頻點頭。

「對，是這樣沒錯，不過重點是最一開始。」

「最一開始？」

「等一下。爲了給甲斐看，我特地從家裡帶過來。」

佐智惠女士這麼說，從斜背的單肩包取出一本書。封面是一名梳著傳統日式髮髻，臉塗得雪白的少女寧靜安穩的側臉。書名是《komono》，看起來像是舞妓的攝影集。

見甲斐先生瞪大了雙眼，佐智惠女士點點頭說：

「踏入花街，以舞妓身分受訓的少女攝影集。上面也刊載了少女在生活中的體會，讓人更能真切感受到成長的軌跡。送這本攝影集給當時還是小學低年級的未都的就是你，甲斐。你早就忘記了，對吧？」

甲斐先生接過攝影集，仔細看到最後，又從頭快速翻過一遍，才交還給佐智惠女士。

「對，我想起來了。我覺得偶爾挑小說以外的書應該也不錯，就把這本偶然在書店看到的攝影集送給她。我根本沒想到會對未都產生這麼大的影響……」

「每次爸爸送給她的書，未都在家裡反覆重看了多少遍，你都不曉得嗎？真教人火大！」

佐智惠女士再三用手指攏過坐墊一角的鬚鬚，嘴唇緊緊抿成一條線。未都跟母親擺出一樣的表情。甲斐先生手足無措，正要道歉時，母女倆對看一眼，笑了起來。

「開玩笑的。不要這樣啦，甲斐，你不要再道歉了。我就是不希望自己開始討厭你這種地方，才跟你分手的啊。」

「畢竟媽媽以前喜歡的，就是沒能徹底變成父親的『甲斐』吧。」

未都開朗地這麼說完，又略帶寂寞地補上一句：「但媽媽說，和那樣的人在同一屋簷下，作爲家人和夫妻一起生活，還是太委屈了。」

佐智惠女士緊緊抱住坐在身旁的未都，閉上眼睛。父母的選擇影響了小孩的人生是顯而易見的事，佐智惠女士想必是帶著補償女兒的覺悟生活吧。面對這麼努力的母親，未都原諒了她。而且，未都肯定也原諒了父親。

甲斐先生深呼吸後，才看向未都。

「未都，爸爸剛才一直在思考，還是想要贊成妳去追求成爲舞妓的夢想。畢竟那是妳自己選擇的道路，不是嗎？對於女兒拚命思考才做出的決定，我想要支持。就算我會很擔心也一樣。」

「可是媽媽……」

「會變成一個人住，對吧？爸爸、媽媽、未都，三個人都變成各自生活。在這層意義上，我們家就散了。不過，那樣又有什麼不好？我倒認爲這是值得高興的事。女兒找到自己想做的事，離開家裡，獨自邁向自己的人生，這種成長是最值得慶賀的了。」

妳說對不對？甲斐先生望向佐智惠女士。聽了甲斐先生的這段話，佐智惠女士似乎終於明白未都今天約父親碰面的原因了。她使勁抹去眼角滲出的淚水，點點頭說：「爸爸說的對」。

「媽媽我也是打從心底贊成。在置屋接受老闆娘的面試時，她不是也說了嗎？舞妓不是幾歲開始都可以從事的工作，未都在這個年紀就能下定決心是一種緣分。所以妳就去試試看吧，不用擔心我。我有工作，也有一起喝酒的朋友，要是妳有什麼狀況，我也可以找甲斐——爸爸商量，根本不會感到寂寞。」

佐智惠女士放開未都，讓未都端正跪坐在坐墊上，彷彿在看什麼耀眼的景象，目光從她的膝蓋一路掃到頭頂。

「爸爸和媽媽不能待在同一個家裡等妳，真的很抱歉。但我們作爲妳的雙親，仍以爸爸和媽媽的身分連結著。在這層意義上，未都，妳永遠都有可以回來的家，放心吧。」

未都的雙眼綻放出光芒。

「眞的嗎？我的家人都還在嗎？以後也是嗎？」

「當然。」

「當然啊。」

同時叫喊出來的佐智惠女士和甲斐先生面面相覷，有些尷尬地點頭，又再次異口同聲地說「當然」。

槇乃小聲說「借用一下」，從我的圍裙口袋掏出《阿春》文庫本翻開。

「我記得『阿春』也說過喔。嗯……啊，這裡。你們看。

他說：**『我認為只要惦念對方的心情夠強烈，就算分隔兩地，關係也不會改變。』**」

甲斐先生和未都都湊過來看，開心地說「眞的耶」、「他眞的有說」。佐智惠女士似乎不曉得這本書，輪流看向父女倆，側頭疑惑地問：「**『阿春』**？」

槇乃快速翻過書頁，念出另一段文字。

「順帶一提，**『瑠璃子』**說過這樣的話。

『養育孩子最終的目標就是，自立。培養孩子獨立活下去的能力。』」

槇乃轉向未都，莞爾一笑。

「未都，妳的『瑠璃子』想法也一樣。」

未都抬頭望向甲斐先生，不好意思地點點頭。只有自己跟不上談話內容，佐智惠女士終於受不了，大聲說：

「什麼？什麼？那本小說怎麼了嗎？」

「這個嘛，說來話長……」

甲斐先生拉著針織帽，語氣又弱了下來，和久整個人連同坐墊一起向前滑出去。

「明天——說起來已是今天——是星期六，如果你們願意，要不要在這裡住一晚？」

甲斐先生的目光一直從壁龕裡的卷軸掃到天花板，才問：「可以嗎？」他激動得提高語調。

「雖然不能大家在同一間房裡排排睡，但今天就在同一屋簷下聊聊《阿春》也不錯吧。怎麼樣？」

對於和久的提議，未都率先點頭：

「我願意。今天就住這裡嘛，爸爸。媽媽，妳明天也不用工作吧？」

「好。」甲斐先生點頭。

「雖然沒辦法睡同一間房，但我想聽你們講《阿春》這本書。」佐智惠女士聳聳肩。

「那就晚安了。你們慢慢聊。」

槙乃告辭時，栖川俐落地將會客室裡多出來的坐墊收拾好。和久跟我則從廚房挖出備用的熱茶和點心端過來。

❀

隔天早上，甲斐先生揹起登山背包，搭第一班上行電車回去了。他說今天晚上又要出差。

離開前，他沒忘記在開店前的「金曜堂」買下《天堂》、《堆積可能》，還有文庫版的《阿春》。

佐智惠女士同樣買了《阿春》，再加上我買的那一本，一個晚上就賣出三本。未都知道甲斐先生和佐智惠女士都買了自己喜歡的書《阿春》後，開心地說：

「等我去京都以後，爸爸和媽媽可以一起開讀書會啊。」

這個願望實現的機率應該不高，但從今以後，甲斐先生和佐智惠女士也會因未都而保持聯繫吧。

從天橋上目送甲斐先生搭的電車離開後，佐智惠女士和未都也準備回去了。她們要坐佐智惠女士昨天開來的那輛車回家。

我和槙乃送她們到驗票閘門時，佐智惠女士和未都朝我們深深一鞠躬。鞠躬的時間點和腰部彎折的角度都一模一樣，不愧是母女。未都是甲斐先生和佐智惠女士的小孩，即使三人分散各地也一樣。

「什麼時候去京都？」

槙乃問。未都篤定地回答：「第二學期結束就過去。」一旁的佐智惠女士也露出做好心理準備的堅毅神情，點點頭。

我馬上開始數算從現在到第二學期的結業式還有幾天。身旁的槙乃也在扳手指，肯定是在跟我想同一件事。

二十多天。佐智惠女士和未都在這二十多天中，能留下多少回憶呢？如果常出差的甲斐先生能偶爾加入其中就好了。

「謝謝惠顧。」我和槙乃並肩低下頭，直到兩人的身影消失後，才抬起頭來。槙乃呼出白色的霧氣。

「世上眞的有各種形式的家庭呢。」

「是啊。」

我點點頭，想起自己的家庭。眞的，深深體會到有各種形式的家庭存在。我像在玩跳石子一樣接受每個新來的「媽媽」，但實際生下我的母親，如今人在哪裡、做些什麼呢？那個人也是我的家人。就算相隔再遠，就算父親和母親之間的愛情結束了，我依然是他們的孩子。原來我可以這樣想啊。

「倉井，你在想什麼？」

身旁多了一道陰影，我抬起眼，發現是槙乃踮腳覷著我的表情。

「我在想，要是各種形式的家庭都能被社會接受，那該有多好啊。」

我老實回答。槇乃眨了好多次眼睛後，驀地退回原位。

「倉井，你最近有打算要結婚嗎？」

「沒有啦！怎麼可能有！我不是那個意思……」

我慌張否認，旁邊的槇乃說「噢，嚇我一大跳」，吐出白色氣息。她搓著雙手，縮了縮脖子。

「早晚天氣眞的愈來愈涼了。」

一天到晚都在摸書和紙箱，槇乃指尖的皮膚都磨到發紅，變粗糙了。我好想握住那雙勤奮又盡心盡力的手給予她溫暖，但很遺憾，我現在沒有資格那麼做。

「請等一下。」我拋下這句話，朝車站裡的自動販賣機跑過去。

「不介意的話，請喝。」

返回後，我遞出一罐玉米濃湯，槇乃的臉龐頓時亮了起來。

「哇，謝謝。」

她開心地用雙手捧住那罐濃湯，交互貼上左邊和右邊的臉頰。望著她，我在內心祈禱，在遙遠的未來——遠到我已擁有新的家人那麼遠的未來——我都會清楚記得因爲一罐濃湯就笑得這麼開心的槙乃，還有怎麼樣都沒辦法握她的手，只好借助一罐濃湯的溫暖的，二十歲的自己。

像在編撰故事一樣，眞心祈禱。

一些私人的書籍話題——想在後記與你聊聊

時光匆匆，《星期五的書店》也出到第三集了。

跟之前一樣，想在這裡分享一些爲「金曜堂」故事增添色彩的那些書本，與我個人之間的故事。

太宰治〈無人知曉〉出自《女生徒》

家裡太宰老師的書，全都包著大學福利社的書套。換句話說，我在讀大學，也就是二十歲左右的年紀時，大量閱讀了太宰老師的作品。

現在回頭想想，小說本身自然不用多說，太宰治這位作家的魅力當時也深深吸引著我吧。

屢次和女性一起殉情，把一屁股債丟給朋友就溜之大吉，還寫信給評審委員要求對方把重要的文學獎項頒給自己——將這些難以說是具有良知的軼事，扭轉成獨特個人魅力的作家，太宰治。他遺留的作品太過出色才能反轉刻板印象，而我當時就完全沉醉在他的作品當中。

偏愛太宰治到極致的結果，就是我在大學二年級的春假第一次寫了劇本。故事設定是，詩人中原中也其實是個女孩，而在這個青春故事中，我也讓太宰治登場了。劇本中的太宰治藉著酒力追求女孩中原，卻遭到嚴厲的拒絕，是個嘗不到半點甜頭的搞笑配角。雖然是我自己寫的，但連我都不免覺得自己對他太殘忍了——可是，當時我真心認爲：「這種角色非太宰治莫屬，超棒的！」太宰老師，眞對不起。

這個劇本在電影公司主辦的競賽中獲得佳作，求職時我談起這次經驗，因此得以進入遊戲公司寫劇本，也才有機會替參與的遊戲撰寫輕小說。編輯看過我寫的輕小說之後提議「要不要嘗試寫原創小說」，我才有今天。換句話說，太宰治是賜給我走上寫作之路的機運的大恩人，至今仍是我非常喜愛的一位作家。

村上春樹《挪威的森林》

高中時，我有一個同學M，臉上總是掛著無憂無慮的招牌笑容。只有課堂上她在書桌底下偷看書時，會彷彿換個人似地露出嚴肅的側臉。這一點令我印象極爲深刻。

坐在M的旁邊時，我每天都會問：「妳今天在看什麼書？」大概是因爲每次瞥見她閱讀時的側臉，我都不由自主地這麼想：「M的內心一定存在著各種我所不認識的M，而要認識她那些面貌的線索，就散落在她閱讀的那些書當中吧。」

有一天，M回答的書名，我記住了。

《螢火蟲》（原書名直譯是《螢火蟲・燒倉房・其他短篇故事》）

「螢火蟲……燒掉了倉房嗎？那是科幻故事？還是奇幻故事？」

面對我愚蠢的問題，M沒有露出不悅的表情，她告訴我〈螢火蟲〉和〈燒倉房〉是獨立的短篇，〈螢火蟲〉還是一部極爲知名的長篇小說的前身。那部作品正是《挪威的森林》。

我先向M借《螢火蟲》來看，接著又掏出零用錢去買了《挪威的森林》回來讀。

後來，村上春樹老師成爲只要一出新作我就立刻衝去買（根本等不及出文庫本）的作家之一。而我每次閱讀他的新作時，都會想起爲我開啓閱讀新大門的那個同學，在心中惦念著：「M不知道現在過得好不好？」希望她一切都好，眞的。

茨木則子《歲月》、《自己的感受力》

要說是理所當然，確實也是理所當然，出版社的編輯都博覽群書，所以每次我提起自己看過的書，多半都能獲得共鳴。而且他們還曉得許多我尚未讀過的書，經常會推薦我一些好書。不管我長多大了，只要有人向我推薦有趣的書，我就會很高興，「想看的書籍清單」不斷變長。

茨木則子老師是「會出現在教科書裡的優秀詩人」，我始終不敢親近。但長大後讓我重新認識她的作品的也是一名編輯。這沒什麼好隱瞞的，就是「星期五的書店」系列的責任編輯H。H原本就愛詩，也參與詩集的編輯工作，我讀了好幾本H推薦的詩集後，終於萌生「這一集的第三篇故事，一定要放進茨木老師的詩！」的念頭。

在小說中也提過，如果有機會拿起《歲月》這本書，千萬別忘記看卷首附的照片。不懼怕文字，信任文字，不斷追逐著超越文字的心和世界，一位勇敢的女性詩人溫柔的臉龐，就在那裡。

藤野惠美《阿春》

在書店第一次看到《阿春》時，我不管在工作或生活上都出了一些狀況，正是身心俱疲的時期。

封面那張溫馨插圖散發的光芒，對當時的我來說太耀眼了，我立刻低頭走過。

隨著時光流逝，我一次又一次在書店看到《阿春》。深受讀者喜愛也深受書店喜愛的這本長銷書，總是擺在顯眼的位置。後來我逐漸找回自己的步調，慢慢地接近《阿春》。我將書拿在手裡，閱讀封底上的故事概要，快速翻過書頁……

我還記得終於在櫃檯結完帳，把包上書店書套的《阿春》抱在胸前的那一天，「終於可以看了」這句話無意識地脫口而出。那時我才發現，原來從第一次遇見這本書起，我就一直很想看，有種鬆了一口氣的感覺。

與書本相遇的方式有很多種，可能在與他人的交流中得知，也可能在感覺孤單時遇見，然而讀過的每一本書都成爲我的養分。不管說幾次「謝謝」都不足以表達我內心深深的感激，我就是懷抱著這種心情在撰寫「金曜堂」的故事。

感謝各位閱讀到最後。

名取佐和子

星期五的書店推薦書單——向所有的書致上謝意

・內文中引用的書

太宰治〈無人知曉〉收錄在《女生徒》（角川文庫　二〇〇九年）

村上春樹《挪威的森林》〈上·下〉（講談社文庫　二〇〇四年）

茨木則子《歲月》（花神社　二〇〇七年）

《自己的感受力》（花神社　二〇〇五年）

藤野惠美《阿春》（創元推理文庫　二〇一三年）

・內文中提到的所有書

飛鳥井千砂《Tiny Tiny Happy——小確幸》（角川文庫　二〇一一年）／尾崎翠《蘋果派的午後》（出帆社　一九七五年）／Annette Tison & Talus Taylor《泡泡先生做果汁》山下明生譯（講談社　一九九七年）／矢野朱美《轉圈圈果汁》（alice館　二〇一四年）／海倫·班尼曼《小黑森巴歷險記》Frank Dobias繪圖、光吉夏彌譯（瑞雲舍　二〇〇五年）／若山憲《小白熊做鬆餅》（小熊社　一九七二年）／村上祐子《小祐的攪拌車》片山健繪（福音館書店　一九九九年）／馬塞爾・普魯斯特《追憶似水年華——在斯萬家那邊》吉川一義譯（岩波文庫　二〇一〇年）／夏目漱石《草枕》（新潮文庫　二〇〇五年）／向田邦子《金魚之夢》（文春文庫　一九九七年）／開高健《新天體》（光文社文庫　二〇〇六年）／堀江敏幸《NAZUNA》（集英社文庫　二〇一四年）／群陽子《麵包、湯與貓咪日和》（Haruki文庫　二〇一三年）／永井荷風《摘錄　斷腸亭日乘》〈上・下集〉（岩波文庫　一九八七年）／川上弘美《老師的提包》（文春文庫　二〇〇四年）／橋本紡《九個故事》（集英社文庫　二〇一一年）／田邊聖子《春情蛸之足》（講談社文庫　二〇〇九年）／吉本芭娜娜《廚房》（角川文庫　一九九八年）／檀一雄《小說　太宰治》（岩波現代文庫　二〇〇〇年）／森茉莉《貧窮薩瓦蘭》（筑摩文庫　一九九八年）／小堀杏奴《晚年的父親》（岩波文庫　一九八一年）／檀一雄《太宰與安吾》（角川Sophia文庫　二〇一六年）／太宰治《人間失格》（角川文庫　二〇〇七年）《御伽草紙》（新潮文庫　二〇〇九年）／金子美玲《金子美玲童謠集》（Haruki文庫　一九九八年）／窗・道雄《窗・道雄詩集》（Haruki文庫　一九九八年）／岸本齊史《火影忍者》〈全72集〉（JUMP COMICS　二〇〇〇～一五年）／鳥山明《七龍珠完全版》〈全34集〉（JUMP COMICS　二〇〇二～〇四年）／楳圖一雄《14歲》〈全13

集〉（小學館文庫　二〇〇一～〇二年）／藤子不二雄（A）《漫畫道》〈全14集〉（中公文庫——漫畫版　一九九六年）／池澤夏樹《弄丟車票之後》（角川文庫　二〇〇九年）／穗村弘《世界音癡》（小學館文庫　二〇〇九年）／岸田衿子《小奏鳴曲之木》安野光雅繪圖（青土社　二〇〇六年）／渡航《果然我的青春戀愛喜劇搞錯了》〈已出版14集〉（GAGAGA文庫　二〇一一～一五年）《妖怪奇譚》〈全4集〉（GAGAGA文庫　二〇〇九～一二年）／穗史賀雅也《在暗夜中尋找羔羊》〈1～3集〉（MF文庫J　二〇〇六年～）／比嘉智康《少女大神！地方都市傳說大全》〈全6集〉（MF文庫J　二〇〇七年～〇九年）／長谷川昌史《總有一天降臨的戀愛！》（電擊文庫　二〇〇八年）／最果夕日《夜空總是最高密度的藍色》（Little More　二〇一六年）／翅田大介《無能力者的軌道遊戲》（OVERLAP文庫　二〇一四年）／桑島由一《南青山少女Book Center》〈全2集〉（MF文庫J　二〇〇四年）／來樂零《羅密歐的災難》（電擊文庫　二〇〇八年）／中川李枝子《不不幼兒園》（福音館書店　一九六二年）／亞瑟·柯南·道爾《福爾摩斯冒險史》深町眞理子譯（創元推理文庫　二〇一〇年）／星新一《器子小姐》（新潮文庫　一九七一年）／淺野敦子《野球少年》〈全6集〉（角川文庫　二〇〇三～〇七年）／海明威《老人與海》福田恆存譯（新潮文庫　二〇〇三年）／J·

D・沙林傑《麥田捕手》村上春樹譯（白水社　二〇〇六年）/東野圭吾《當祈禱落幕時》（講談社文庫　二〇一六年）/池井戶潤《陸王》（集英社　二〇一六年）/川上未映子《天堂》（講談社文庫　二〇一二年）/松田青子《堆疊可能》（河出文庫　二〇一六年）/東野圭吾《新參者》（講談社文庫　二〇一三年）/川上未映子《深夜中所有的戀人們》（講談社文庫　二〇一四年）《頭腦是無限大的，世界咚地掉進來》（講談社文庫　二〇〇九年）/荻野ＮＡＯ之・小桃《komomo》（講談社International　二〇〇八年）/《螢火蟲・燒倉房・其他短篇故事》（新潮文庫　一九八七年）

＊按照書中的出場順序，盡可能列出容易取得的版本，不過其中也有斷貨或絕版的書籍。

NIL 45／星期五的書店：秋天與濃湯

原著書名／金曜日の本屋さん：秋とポタージュ
原出版者／角川春樹事務所
作　者／名取佐和子
翻　譯／徐欣怡
責任編輯／陳盈竹
編輯總監／劉麗真
事業群總經理／謝至平
發 行 人／何飛鵬
出　版／獨步文化
115台北市南港區昆陽街16號4樓
電話：886-2-25000888　傳眞：886-2-2500-1951
發　行：英屬蓋曼群島商家庭傳媒股份有限公司城邦分公司
115台北市南港區昆陽街16號8樓
客服專線：02-25007718；25007719
24小時傳眞專線：02-25001990；25001991
服務時間：週一至週五上午09:30-12:00；下午13:30-17:00
劃撥帳號：19863813 戶名：書虫股份有限公司
讀者服務信箱：service@readingclub.com.tw
城邦網址：http://www.cite.com.tw
香港發行所：城邦（香港）出版集團有限公司
香港九龍土瓜灣土瓜灣道86號順聯工業大廈6樓A室
電話：852-25086231　傳眞：852-25789337
電子信箱：hkcite@biznetvigator.com
馬新發行所／城邦（馬新）出版集團
Cite（M）Sdn. Bhd.（458372U）
41, Jalan Radin Anum, Bandar Baru Seri Petaling,
57000 Kuala Lumpur, Malaysia.
電話：+6(03)-90563833　傳眞：+6(03)-90576622
電子信箱：services@cite.my

封面插圖／左萱
封面設計／蕭旭芳
排　版／游淑萍
印　刷／中原造像股份有限公司
●2024年6月初版
售價350元

KIN'YOBI NO HON'YASAN—AKI TO POTAJU
by NATORI Sawako

ISBN 9786267415405（平裝）
ISBN 9786267415351（EPUB）

國家圖書館出版品預行編目資料

星期五的書店：秋天與濃湯／名取佐和子著；徐欣怡譯．–初版．– 台北市：獨步文化，城邦文化出版：家庭傳媒城邦分公司發行，2024.06
面；公分. --（NIL；45）
譯自：金曜日の本屋さん：秋とポタージュ
ISBN 9786267415405（平裝）
ISBN 9786267415351（EPUB）
861.57　　113004861